U0850524

無人島に生きる十六人

无人岛

〔日〕须川邦彦 著 李盈春 译

南海出版公司

每个人都不是一座孤岛，一个人必须是这世界上最坚固的岛屿，然后才能成为大陆的一部分。

——海明威

中川船长的话

距今四十六年前，我作为东京高等商船学校的实习学生，在教学帆船琴之绪丸号上服务时，听教官中川仓吉老师讲述了一段他的亲身经历。那是个令我衷心感动，一生都无法忘怀的故事。

四十六年前，亦即明治三十六年（一九〇三年）五月，我们所在的琴之绪丸号停泊在千叶县的馆山湾。

这是艘重八百吨的全帆装船[①]，三根粗壮的桅杆从甲板耸立到天际，每根桅杆上各安有五根长帆桁。

抬头望去，五根帆桁整齐地排列着，看起来仿佛只是一根，末端伸出船舷外。

三根桅杆竖立在船身后方，底下就是最上层甲板。中川教官坐在折叠椅上，用东北[②]口音热切地讲着故事，我们穿着白色作

①有三根或三根以上桅杆，全部桅杆均挂横帆的帆船。

②指日本本州东北部地方。

业服，盘腿坐在他面前的甲板上，全神贯注地倾听着，这一幕情景，至今仍历历在目。

中川教官个子不高，但体格健壮，脸庞晒得黝黑。鼻子下方留着粗黑的八字胡，犹如帆桁一般，气势十足地向左右展开。他的目光炯炯有神，时而露出雪白的牙齿。

教官外表严肃，内心却洋溢着热忱。虽然这样比喻很没礼貌，但我总觉得他就像一只四方脸的大海狗，安闲地坐在岩石上。

说起来，我们三个学生穿着已变成灰白色的作业服，盘坐在甲板上屏息静听的模样，看上去就像小海豹吧。

中川教官年轻时在美国捕鲸帆船上工作[①]，追寻鲸鱼的踪迹，回到日本后，成为海獭船的船长，在北方海域捕捉海狗和海獭，后来又成为报效义会的小帆船——龙睡丸号的船长。

报效义会是一个致力于千岛群岛开发的团体，在会长郡司成忠的领导下，会员们入驻日本北端——千岛群岛前端的占守岛。而龙睡丸号作为占守岛与日本内地之间的联络船，负责给岛上的人运送粮食和其他生活必需品，同时将岛上的出产运往日本内地。

龙睡丸号在南方海域遇难后，中川船长成为了教练帆船琴之绪丸号的大副，对我们这些海上的青年进行严格训练。

我曾经多次向中川教官提出请求，希望他讲一讲龙睡丸号遇

①根据一九八六年的《全球禁止捕鲸公约》，世界各国已宣布禁止捕鲸。本书由于写作时间较早，因此书中关于捕捉鲸鱼、海狗、信天翁等动物的描述，有其时代限制，而且也因为流落荒岛，为了求生才不得已如此，在此特别说明。

难后，漂流到太平洋中央无人岛的故事，现在终于如愿了。

太阳已沉入大海，馆山湾也笼罩在暮霭中。其他学生因为假日的关系，几乎都上岸了，船里寂无声息。

以下就是中川教官讲述的故事。

龙睡丸号出动的目的

长久以来，须川君一直希望我谈谈无人岛的故事，今天我就实现这个约定。

出事的龙睡丸号是一艘重七十六吨、双桅杆的斯库纳型帆船[1]，也是占守岛与日本内地之间的联络船。

冬季的占守岛深埋在冰雪之中，与内地的交通中断。因此从秋天到翌年春天，龙睡丸号都系在东京的大河口，这纯粹是一种浪费。而且船上除了留人看守之外，本领高强的船员都下船去了。

所以当春天到来，船要再度出航时，即使急切地召集船员，也很难如愿找齐人手。这种情况并非龙睡丸号所独有，北日本的渔船或小型帆船都会遇到同样的问题。

于是我想到了一个计划：在冬季休息的这段时间，船只从南

① 又称双桅纵帆船，是一种所有桅杆均挂纵帆的帆船。

方温暖海域的新鸟岛出发，前往小笠原诸岛[①]方向进行渔业调查，到了春天再返回日本。

如果此行结果圆满，整个冬天休航的帆船、渔船有两百艘之多，这些船只都可以去南方工作了。这对日本可真是一件好事。那么，就由龙睡丸号先去一探端倪吧。就这样，我开始着手将计划付诸实施。这是明治三十一年（一八九八年）秋天的事。

我还考虑到另一件事。

日本东南端的新鸟岛（这座岛位于北纬二十五度、东经一百五十三度，由于是火山岛，据说可能因为火山爆发或其他原因，已沉入海底了）附近，有个叫格兰帕斯的岛屿，那里过去是海盗的基地。有些捕鲸船的船长认为，那座岛压根就不存在，但也有船长表示，的确有那样一座岛屿。虽然罕有船只去过，但对关注那片海域的人来说，那是个引人注目的岛屿。

不管怎样，如果能找到这座岛，对日本来说是件莫大的好事。不仅如此，由于那是海盗的秘密基地，运气好的话，说不定还能发现他们埋藏的宝物。

如果能发现这座海盗岛，我会将它作为基地，对整座岛屿以及附近海域展开详尽的调查。然后我会在岛上种地，获取新鲜的蔬菜，以预防一直以来帆船航海者深感苦恼的、因缺乏蔬菜引起

---

①东京以南1000余公里太平洋上30多个小岛的统称，包括由聟岛、父岛、母岛列岛组成的小笠原群岛、硫磺列岛及西之岛、南鸟岛、冲鸟岛三个岛。

的可怕的坏血病。出于这层考虑，我准备了大量蔬菜种子。

此外，在南方海域还有可能捞到龙涎香。那是一种类似大型水母的块状物，会漂浮在海面上，也有人在无人岛发现过被冲上海岸的龙涎香。

这种从抹香鲸体内排出的物质，可以用作香水的原料，价格十分昂贵。品质优异的龙涎香，一克的价格甚至相当于同等重量的黄金。而有的龙涎香块可以重达一百公斤。

我在想，说不定我们可以捞到两三块龙涎香。事实上，过去也不乏捡到大块龙涎香的传闻。

探险船的准备

船一旦出海，几个月都靠不了岸，而且不管遇到多大的暴风雨，都必须扛过去。因此出航前的准备工作，最重要的就是将船体修缮坚固，船具也更换成更结实的。

在广阔的大海上航行，必不可少的是海图和详细说明海、岛、海流等情况的海上指南——也就是水路志。计算船只位置的各种航海用精密仪器，有的从国外订购，有的向海军或商船学校借用。船上配备了三个六分仪，两个经线仪（精确的航海钟），安装了性能极佳的罗盘，各方面设备之先进，远远超越渔船的级别。

船员也都是精心挑选出来的海上勇士。大副榊原作太郎，致力于远洋渔业十余年之久，担任过船长，也当过大副，还有一段时间当过水手长，可以说是难得的专家。而且他品行正直，人格高尚，是个值得倚靠的参谋。

渔业长铃木孝吉郎，渔夫出身，对从伊豆七岛到小笠原诸岛一带的渔业有丰富经验，曾有过多次船只遇险的经历，始终热心钻研新事物，是远洋渔业调查不可或缺的一线指挥官。

还有一位从实地经验中练就了不凡本领，性格却很温厚的水手长。

此外还有四名报效义会成员。他们在占守岛上熬过了好几个冬天，艰苦备尝，在渔业方面有充分的经验。

两名实习生毕业于水产讲习所，目前正在积累海上的实习、研究经验，立志将来为日本的渔业作出一番贡献，是值得赞许的年轻人。

还有三名小笠原岛的归化人。这些人是过去美国捕鲸船员的后代，无人岛小笠原成为外国捕鲸船的基地后，他们就登陆定居下来。明治八年，小笠原岛并入日本领土后，他们敬仰日本，由衷地成为日本人。他们是天生的海上男儿。

最后还有水手、渔夫共三人。这十五个人是我的得力臂膀，真心诚意地为我工作。

船上通常没有医生随行，因此远洋航行的帆船，有时会发生很可怕的事。

猎海狗船日之出丸号，船员无一幸免地染上天花，就在所有人即将走向死亡时，幸运地漂流到了海岸边，才得以获救。

还有南洋贸易帆船松坂丸号，船员都得了脚气病，失去行动能力，只有三个人还能勉强趴在甲板上工作，让船漂流到了小笠原岛。类似这样的船上故事多不胜数。

日本船上的人习惯吃白米饭，因此经常会患上脚气病，在大海之中饱受折磨。

所以龙睡丸号为了预防这种可怕的脚气病，要求所有人吃麦饭。

麦饭很难吃。但我们是为了国家，扬帆驶向遥远的黑潮①，就把麦饭当成强身健体的药吃好了。

凭着这份干劲，我们坚持吃半是白米、半是麦子的饭。

其他粮食也一样，太奢侈的食物不适合海上的勇士。我煞费苦心地选择便宜又富有营养、且经得起长时间热带航行的粮食，装载在粮库中。

另外，我还直截了当地要求全体船员坚定发誓：

“绝对不喝酒。”

我请医生对所有人进行了体检，然后为他们接种了牛痘。在船上是由我这个船长兼任医生，因此船上也配备了充足的必备药品和医疗器械。

船漂浮在大海上，饮用水的重要性仅次于生命。恶劣的饮用水是疾病的根源。

所以，我在船上建造了大小两个清水罐，从横须贺的海军专

---

①亦称日本暖流，为全球第二大洋流。自菲律宾开始，穿过台湾岛东部海域，沿着日本往东北向流，在与亲潮相遇后汇入东向的北太平洋洋流。因其水色深蓝，远看似黑色，故而得名。

用自来水管引来了优质的饮用水。

衣服上简陋些无妨，所以准备了很多，平常就让大家穿最粗陋的衣服。

在寝具方面，我格外用心，所有人都使用毛毯。通常渔船用的都是棉被，这一罕见的举措，极大地改善了卫生条件。

这次航海的目的是进行渔业调查，因此自然要下一番功夫准备渔具。

我购齐了钓鲨鱼和榨鱼油的工具，因为需要实际研究鲨鱼专用的钓钩、钓线、鱼饵，我收集了日本沿岸、小笠原岛海域以及国外使用的钓具，以便比较研究。

为了捕捉海龟，我也准备了小笠原岛海域和南洋原住民使用的工具，并购置了榨海龟油的锅。

因为预备捕鲸，我以大型抹香鲸为目标，备齐了一整套捕鲸用具。一旦发现鲸鱼，就用舢板和渔船冲上前去，将鱼叉、短枪、装有炸弹的鱼叉刺进鲸鱼身体，与鲸鱼展开一场肉搏战，最后将其捕获。

作为船长，我有过捕鲸的经验。归化人是捕鲸人的子孙，他们总是一边拾掇着鱼叉，一边祈祷着遇到一条大鲸鱼。

大西风

一切准备就绪后，明治三十一年十二月二十八日，我们从东京的大河口启航，翌日进入横须贺军港。从海军的自来水管引来宝贵的饮用水，将大小水罐全部装满后，终于精神饱满地扬起帆，驶向太平洋。

在伊豆近海观看了元旦的日出，一再地回望屹立在晴空下的神圣的富士山，龙睡丸号载着满怀希望的十六个人，乘着顺风张满了帆，一路向南前进。

日复一日地持续航行后，一月十七日，我们来到了目的地新鸟岛附近。

这天的早晨，周遭雾气弥漫，水平线模糊不清。但海鸟在船的四周来回翻飞，数量愈来愈多。到了八点左右，海水从原本黑潮的蓝紫色，突然变成了淡绿色，显然已接近新鸟岛。经过测量，海水的深度为十七寻（三十一米），海底是珊瑚质。

“有岛屿！”

负责瞭望的人大声叫道，伸出右手用力指向前方。

透过淡牛奶般的雾气，依稀瞥见淡墨勾勒出的岩石状物体，但转眼便什么也看不到了。

我决定下锚停泊，等待雾气散去。于是在小锚上绑上粗绳，投入海中。

然而，海底都是珊瑚质的岩石，锚爪滑动，船停不下来。船嘎吱嘎吱地拖着锚，随着潮水漂流。于是我们拉起小锚，在绳索上再绑上比小锚大一号的中锚，把两只锚一起投入海中。这回牢牢地抓住了海底，船停下了。

“好了，来钓鲨鱼！”

停好船后，我们立刻着手钓鲨鱼。

就在这时，突然刮起了强劲的西风。风呼呼地狂吹桅杆和索具，海面上白浪滔天，船体在大西风中不住摇晃，锚索霎时绷紧。

啪！

可怕的声音响起，粗锚索断了。我们迅速将左舷上带有粗大锁链的大锚也抛下海，船才停了下来。

我们立刻放下舢板，在被大风吹得浪花翻涌的海面上，开始回收锚索断裂的船锚。锚上安有大浮标，并用坚实的绳索紧紧绑住，因此即使锚索断了，只要拉动浮标的绳索，就可以把锚拉起来。

舢板上的人竭尽全力，想要拉起船锚，但始终劳而无功。两只船锚应该是死死地卡在岩石缝中了。风势越来越猛，波浪也渐渐增强，舢板上的人冒着风浪继续作业，实在太危险了，所以最后中止了起锚。

不过，钓鲨鱼的成绩倒很优异。起锚作业的三个小时里，甲板上堆了数十条两米长的大鲨鱼。

时间在大西风的不断劲吹中流逝，到了下午四点，不知怎么回事，船突然移动了。

把锚链卷上来一看，才发现船锚不见了。锚链在靠近船锚的地方断掉了。今天真是个船锚状况不断的日子，短短七个小时之内，失去了小、中、大三只船锚。

到了这个地步，我也无法可想，只能卷起船帆，开始驾船避难。大风掀起的巨浪，把船拍打得剧烈摇晃，到了第二天——亦即十八日的拂晓时分，前方桅杆粗大的支索松动了，不过总算暂时修理好了。

大西风越刮越猛烈，那天夜里，前方的桅杆从上方折断，甲板下的大水罐也破了，水全部流光。小水罐的水就成了我们十六个人生命的源泉。

全体船员在和狂风巨浪奋战的同时，通宵修理桅杆，到天亮时终于修好了。但现在除了顺风而行，也没有更好的办法了。于是我们将船驶向东北东方向。

大西风整整刮了一个星期，到二十四日正午，我们已被吹到新鸟岛东方数百海里之外。确切来说，是东经一百七十度附近。

现在已经谈不上去海盗岛探险了。如果要回到日本，就得驾驶这艘桅杆折断、索具松动的小帆船，顶着大西风，与大风大浪搏斗一千海里以上。虽然路途遥远，但最稳妥的方法还是顺风行驶到夏威夷群岛的火奴鲁鲁港避难，等将船彻底修理好，做好充分的航行准备后再返回日本。所谓欲速则不达，说的就是这回事。

此外，如果驶往火奴鲁鲁，途中可以沿着岛前进。万一粮食告罄，我们就钓鱼来吃，上岛还能取得清水。要是真的没水喝了，这些岛上有很多海龟，还可以喝海龟的水。海龟的肚子里有一到两升清水。

这些岛屿附近吹的是东北信风（全年始终吹着来自东北的风）。如果大西风停息，刮起了相反方向的东北信风，我们就可以掉头回航。下定决心后，我们便朝着火奴鲁鲁航行。

不过，由于希望尽早取得饮用水，我们先前往最近的岛，也就是夏威夷群岛中的中途岛。

中途岛位于夏威夷群岛西端，距离火奴鲁鲁港约一千海里。岛屿高出海面约十二米，但只要稍微一挖就有清水涌出，因此我打算先在这座岛上补充饮用水。可是因为西风太猛烈，无法接近岛屿，最后只能无奈放弃，前往火奴鲁鲁。

此后，龙睡丸号每天持续航行，到了第十一天，也就是二月四日，第一次看到夏威夷群岛的岛屿。以后每隔三四天就能看到岛屿，我们便沿着这些岛前进。

因为迫切渴望获得饮用水，每当来到岛屿附近，我们就放下舢板，前去寻找水源。但因为波浪汹涌，无法上岛，而能登岸的岛上又没有水。

不过，这些无人岛上随手就可以捉到大海龟——那种龟壳有一米长的绿海龟，而且它的肉比牛肉还要美味。另外，每个岛附近都能钓到两米以上的鲨鱼，要多少有多少。

就这样，我们一路扬帆行驶，眼中所见，唯有一望无际的天空和海水。二月过去了，到了三月十五日。这天下午两点，我们发现在西北的水平线上，升起了一缕黑烟。

是轮船。

我们准备了国际信号旗，等待轮船靠近。这是有原因的。

轮船依靠机械动力行驶，无需在意风向和海流，可以朝着目的地笔直前进，同时也知道行驶的速度。因此即使在大海当中，他们也清楚自己船只所在的位置。而帆船依靠风力前进，所以会受到风的方向、强度以及海流的影响，无法像轮船那样前进。

因此，每当帆船在茫茫大海上遇到轮船，就会询问对方：

“这是什么地方？”

这是全世界航海者的惯例。

水平线上的那缕黑烟开始变得粗浓，不久，桅杆、烟囱、船体都逐渐从水平线上浮现，离我们愈来愈近。我们在船尾升起一面很大的日本国旗。虽然我们船只小，但也是日本的船，十六名船员代表的是日本国民。对方轮船则悬挂着美国国旗。

下午三点四十分，两船的距离缩短到八百米。我们在桅杆上升起国际信号旗，向轮船打出信号：

“请出示贵船经纬度。”

轮船回应我们的信号，升起了多面信号旗。将那些信号旗的意思连起来，就是：

“西经一百六十五度，北纬二十五度。”

这样就知道我船的确切位置了。

“谢谢您。”

“祝您航行愉快。”

我们打出道谢的信号后，轮船升起了这个信号，将我们这艘慢悠悠行驶的帆船抛在身后，逐渐远去，终于消失在水平线的另一方。

轮船和帆船就像是龟兔赛跑，我们的乌龟船就此朝着火奴鲁鲁笔直前进。

二十二日早晨，帆船抵达了火奴鲁鲁港外。我们升起信号旗，呼叫港口的领航员，在拖轮的拖行下，龙睡丸号进入港口停泊下来。

我上岸后前往火奴鲁鲁的日本领事馆，向领事提交了海难报告书，说明了进入这个港口避难的原因，另外附上一份英文的海难报告书，通过领事交给火奴鲁鲁市政府。

全世界海员的典范

就这样，龙睡丸号顺利得以避难。但我们面临的状况却很棘手，船必须进行大修，还得购买船锚、储备粮食，然而龙睡丸号没有储备金。

我做梦也没有想到，我们要在国外的港口大修船只、购买粮食。龙睡丸号的所有者报效义会是个很穷的团体，这次航海的目的，原本是想利用冬季这段时间，在南方的海域多多捕捉鲨鱼、海龟和海鸟，如果可以的话，也捕捉抹香鲸来获得利益。

最后我只有向侨居火奴鲁鲁的日本人求助，坦陈我们现在一文不名的困境。对方的回答令我十分感激。

“对你们深表同情。我们也是日本人，会想办法帮忙的。”

随后，他们在日文报纸上发起了为龙睡丸号捐款的活动。但与此同时，在火奴鲁鲁的外国人当中却传开了奇怪的谣言。

“看看那艘船，不过是艘日本的小帆船，却挂了那么大一面日本国旗，那些人也太自大了。说是为了避难而入港，但在进入火奴鲁鲁港之前，还超过了一艘沿岸定期航行的小蒸汽船咧。什么遇到了暴风雨，纯粹就是为了逃税而撒的谎。”

火奴鲁鲁居住着各个国家的人，这样的谣言在他们之间广为流传。

不久，在港口停泊的龙睡丸号收到了港口管理局送来的一份文件：

务请船长本人火速前来我局。

我上岸前往管理局，被领到一个宽敞气派的房间，正面挂着一幅太平洋的大海图，前方是一张大桌子，三名美国官员坐在椅子上，目光灼灼地看着我。

我大踏步走进房间，官员们站起身，同我握手寒暄了一番，指着一张椅子说：

“来，船长请坐。”

我在椅子上坐下，与三名官员隔着大桌子相望，桌面上摊开了一张海图。

一名官员立刻开口说道：

“船长，根据你的报告，你是为了避难而进入火奴鲁鲁港的吧？”

他的声音平静而严厉，不等我回答，他又指着桌上的海图说：

“可是，请看这张海图。你在报告中声称，你的船在这里失去船锚，被大西风吹断桅杆，水罐也破了，一直漂流到这里。但从这一带开始，海流是从东北方而来，吹的也是东北信风，你们这艘小帆船逆着海流和风向，还能航行将近两千海里，这能称得上是遇难船只吗？另外，就在进入火奴鲁鲁港之前，你们不是还超过了一艘沿岸定期航行的蒸汽船？你的海难报告书是在说谎，我们不接受虚假的报告书。”

说完，他把之前通过日本领事馆送交的英文版海难报告书推到我面前。

这真是太意外了，也让我很生气。不过，你们将来也是要去国外的人，恐怕也会遇到类似的事情。这种时候，如果发火就输了。只要耐心解释，对方是会明白的。

于是，我把遇险的经过从头开始，缓慢、详细地解释了一遍。不，应该说是告诉他们。这是关系到全日本船只信用的大问题，同时也关系到侨居夏威夷的日本人的名誉和信用。我竭尽全力，真心诚意地让他们了解到事实，最后不忘问上一句：

“现在，各位还认为这份海难报告书是虚假的吗？”

有道是诚可通天，说得一点也没错。三名美国官员都站了起来，其中一个伸出大手，突然紧紧握住我的手用力摇晃，一边说道：

“船长，我们完全明白了。”

原本一脸寒霜的三人，现在都笑容满面。另一位官员说：

“好了，我们也成了船长的同情者。对了，同情的第一步，就是你们的入港税、停船税以及领航费、拖轮费都将由政府捐助。其他还有什么帮得上忙的吗？”

于是我说：

“目前我们需要优质的饮用水。”

官员当即回答：

“什么，优质的饮用水？这容易得很。在船长回到船上之前，运水船就会停靠在龙睡丸号旁边了。我马上打电话下达命令……”

离开港口管理局后，我立刻顺道前往日本领事馆，报告了交涉的经过。领事说：

“很好。另外，贵船的修理费用，已经决定全部由日本侨民捐助，你尽管放心，把船尽量修理好。”

听了这个消息，我内心充满了对同胞的感激。而且，那笔费用一个星期就筹齐了。

自从火奴鲁鲁的官员消除了误会后，龙睡丸号顿时风评转佳，外国报纸上开始每天刊登赞扬我们的新闻，例如龙睡丸号的船员很有礼貌，品行端正又遵纪守法，全体船员滴酒不沾。

所有的外国人都相信，酒是全世界海员的好朋友。但龙睡丸号的船员们却与酒绝交，外国人对此简直吃惊极了。

恰好在这时，火奴鲁鲁港停泊了一艘美国的基督教传教船。这艘船准备前往南洋宣传基督教，而船上的工作也很重要，因此需要品行端正且禁酒的海员。可是，这样的海员全世界都不可能有。就在他们如此认定时，听到了有关龙睡丸号船员的传闻，于是，传教船打算把龙睡丸号的船员，从大副到水手、渔夫，全部招揽到自己船上。

他们说：

“像龙睡丸号这样的船，一定还会遇难，下次可就没得救啰。你们的薪水想必也很低，吃的又是麦饭，真是很可怜。但是在传教船上，一天三顿都是西餐，薪水也丰厚得多，而且每年发放四套制服、鞋子和帽子，船又大又干净，住的是单人房，每天都能洗澡，水也可以敞开来用。航行全程都在港口停泊，没有暴风雨之虞，还可以每天来听传道。怎么样？从龙睡丸号下船，来我们这边吧！每个月都可以寄钱回国，孝敬父母喔。”

他们试图以优厚的待遇打动龙睡丸号船员的心，但我们十六个人丝毫不为所动。

这又让外国人深受感动，称赞“龙睡丸号的船员，是全世界海员的典范”，向日本领事馆提出为龙睡丸号捐款、捐物。

领事说：“感谢你们的好意。不过，船的修缮费用全部由日本人承担，所以无法接受你们的捐款。我们就收下物资，送到龙睡丸号船上吧！”如此坚决地谢绝了外国人的捐款。

就这样，船的修缮工作进展顺利，我们定在四月四日扬帆起航。

两周前龙睡丸号入港时，桅杆折断，又失去了船锚，就像没了螯的螃蟹。水罐也破损了，船身伤痕累累，惨不忍睹。但现在崭新的桅杆耸立在船上，船锚也买齐了，处处都修理得很结实，整艘船焕然一新，神气极了。

到了四月四日早晨，龙睡丸号载着领航员，被港口的拖轮拖着，向港外驶去。

日本国旗在船尾飘扬，这一切都仰赖于日本同胞和外国友人的热情帮助。停泊在港口的外国船上的人们，也都来到甲板上，朝着被拖轮拖曳离去的龙睡丸号挥动帽子，扬着手，向我们道别。

拖轮冒着黑烟前行，将龙睡丸号从港口拖到外海。港外吹着和煦的风。

拖轮放开了连接龙睡丸号的拖缆。领航员紧紧握着我的手，说：

"那么，再会了，船长。祝您航行愉快，满载丰富的渔获，平安回到日本。"

说完，他搭上靠在龙睡丸号船舷边的领航艇，大声叫道：

"有没有人要寄信？有人要寄信回家乡吗？这是最后一班邮车哦——"

领航员亲切地提醒。在龙睡丸号回到日本之前，将会有好几个月的时间无法寄信。

"谢谢你。我们都已经寄过信了。"

于是，他微笑着点点头，扬起手来。拖轮拖着他乘坐的领航小艇，返回了港口。

回头望时，港口渐渐远去。再见了，火奴鲁鲁港。这次意外的灾难，得到许多国内外朋友的善意帮助，我们对此满怀感激，但心里最牵挂的，还是占守岛上的人们。他们该多么期待龙睡丸号的到来啊！真恨不得箭也似的赶回去。然而在前方等待着我们的，却是意想不到的命运。

返回故国日本

现在，龙睡丸号回到了大自然的怀抱中，勇敢地漂浮在茫茫大海的波涛上。迎着令人心情舒畅的和风，我们张满了帆，将船头对准航线，沿着夏威夷群岛的无人岛前进。

如果笔直驶向日本，距离会更近，但途中海水很深，鱼类也很稀少。因此，虽然会绕远路，我们还是决定沿着岛屿前进。

一方面，这些岛屿周围必定有丰富的鱼群和鸟类，我们可以对生态资源进行详细调查；另一方面，这一带的岛屿附近，过去曾有很多抹香鲸，追踪而来的捕鲸船也曾发现过无人岛。然而，近来抹香鲸完全失去了踪影，这可能是因为鲸鱼的食物——墨鱼、章鱼在这一带消失了，又或是海流发生了变化，导致鲸鱼也随之绝迹。也许海流确实有了改变，这也是我们想要调查的情况。

如果发现了鲸鱼，我们要怎样奋勇搏斗，才能成功捕鲸呢？这也让我们增加了一份期待。

此外，还必须考虑饮用水的问题。虽然有一大一小两个水罐，但船只很小，万一饮用水用完了，并不是每座岛上都有清水。所以不如在中途岛停靠，加足了清水再走。这也是我们沿着岛屿前进的原因之一。

不过，由于帆船要仰赖风力，因此虽然是沿着岛屿航行，从一个岛到另一个岛，也要花上三四天时间。

不管是哪个岛，行驶到附近时，都会发现大量的鱼群，还有海鸟——信天翁在成群飞翔，也经常能钓到鲨鱼。然而渔获再丰富，也不能在一座岛上逗留太久，因为这趟航行时间急迫，我们必须尽快赶回去，一路上对群岛的调查也只能是草草结束。

我们第一个看到的是尼豪岛。那是一个遍布岩石的荒凉小岛，没有人居住。不过很久以前曾经有过人烟，留下了用低矮石墙围起的、类似会场的地方，以及大量的石像。此外，还有过去乘船前来的人们留下的东西，整个岛屿如同一座博物馆。海鸟、鱼类也数量可观。

接下来看到的，是海底火山喷出的熔岩形成的粗砺岛屿，岛屿的底部尖锐地屹立在海中，与波浪永无止息地搏斗。

从海上涌来的碧波大军，形成一列横队，很有规律地按照一定间隔，一浪接一浪冲向岩石的城堡，奋不顾身地猛撞上去，发出的声音震动了整个岛屿。雪白的浪花崩落下来，紧黏在岩石的底部。飞溅的水花遮蔽了耸立的悬崖，热带的强烈阳光照射在上头，在悬崖的肩部架上了一道彩虹。这场战争周而复始，永无止境。

船上的人们时常亲眼目睹这样的景象，此时再次深切体认到大自然是何等强大，与自然的伟力相比，人类又是多么脆弱。不过，这反而让我们更加振奋起精神。

荒凉的岩山上，随处可见幽深而漆黑的洞窟，漫天的海鸟发出奇特的叫声，四下乱飞。在岩石上休憩的海鸟，神态看上去也充满了警戒之意。这座岛屿名叫内克尔，是个无人岛。

上午十点左右，我们开始钓鱼。当天鲨鱼大获丰收，接连不断地钓到大鱼。

把长达三米的鲨鱼巧妙地拉到甲板上，那过程光是看着都痛快。不过，从鲨鱼的大嘴里取下鱼钩时，手得格外当心，把它撂到甲板上后，脚也得格外当心，不能有丝毫大意。如果被它锋利的牙齿咬到，不管是手还是脚，都会被一口咬断。这已经不是普通的钓鱼了，无论是体型还是凶猛程度，都像猎捕猛兽一样。

桅杆的下方，正在勤勤恳恳地从堆积在甲板的鲨鱼上切下鱼鳍的，是出生于北海道国后岛的渔夫国后。这个年轻人长着一张圆脸，肩膀宽阔，手脚粗壮。在他对面处理鱼鳍的，是归化人小笠原。蓝眼多须的小笠原今年五十五岁，是个熟练的捕鲸人，也是这艘船上年纪最大的人。青年船员都把他当父亲一样亲近，叫他“老爹”“小笠原老人”，是个真正的海上男儿。

国后看着小岛说：

“老爹，那座岛屿感觉不寻常呢。”

小笠原依旧捏着鱼鳍，凝视着小岛说：

“嗯，那不是个普通的小岛，它是有故事的。”

这句话刚好被路过的实习生浅野、秋田听到。两名实习生刚刚在船长室结束了上午的课程，抱着笔记本、书准备回到船头的舱房，他们时而躲避、时而跨过扔在地上的鲨鱼，正走到半路上的时候，听到了两人的对话。

“老爹，这座岩石嶙峋的岛屿有什么来历吗？”

“是啊。不过，你们年轻学生还是别听的好。”

浅野实习生探过头来：

“您就告诉我们吧！不管什么都要留心听听，这也是一种学习——船长不是经常这么教导我们吗？您就说说嘛，老爹。”

“说的也是，那我就告诉你们吧。”

小笠原站起身，指着小岛说：

“你们听好，那座山高八十四米，虽然是无人岛，但有远古时代的人居住过的遗迹。更重要的是，那座山上排列着三十几座墓碑。”

“三十几座墓碑？”

“过去有艘外国船遇难了，船上的人漂流到了这座无人岛，在洞窟里住了七年，最后全都饿死了。”

浅野、秋田和国后都再次凝望着岩山的顶端。

南方海域炽热的阳光，在岩块上投下恶魔般的影子。一群海鸟如同疾风骤雨般，霎时飞离了山顶。

波涛的白牙大口大口地咬噬着小岛的底部。

想到故乡远在数千海里之外，在这无人孤岛上化为三十几座墓碑的人们，秋田实习生的声音哽咽了。

“撑了整整七年，最后还是饿死了……他们没办法钓鱼吗？”

就在这时，有人突然从背后拍了拍两名学生的肩膀。两人吓了一跳，回头一看，原来是渔业长。

渔业长从口袋里掏出几块饼干，抛向海中。

在船周围纷飞的海鸟群骤然集聚，猛地冲了过来，把饼干一块不少地叼住，然后振翅高飞，吞咽下去。

“为什么要喂鸟呢？”

浅野实习生问。渔业长将眼神投向小岛：

“我是献给岛上的坟墓。”

“可是，都被鸟抢走了。”

“就算被鸟抢走，心意也传达到了。”

一时众人都静默下来，凝视着小岛。

小笠原大声说：

“不管是谁，最后都会归于黄土，这是理所当然的事。不过，他们很了不起，坚持了七年啊！太了不起了。怎么样，如果是你们这些年轻人，能撑得下去吗？”

三个青年几乎同时回答：

“当然可以。就是十年，我们也撑得住。”

“咱们船上的年轻人很厉害啊，这样我就放心了。啊哈哈哈……”

小笠原老人用笑声冲淡了压抑的氛围。

闲谈间船行如飞，阴森的岩山、怒涛的拍打声，不知不觉都已被我们远远抛在身后，在水平线的另一端变得越来越小。然而，三十几座墓碑的故事却留在了三名青年船员的心里，久久无法忘怀。

不过他们从未想到，自己竟然也会遇到同样的灾难……

海龟之岛、海鸟之岛

现在，我们的龙睡丸号劈波斩浪，沿着夏威夷群岛向西北方前进。

一天黎明时分，我们在附近发现了弗伦奇·弗里盖特礁脉。弗伦奇·弗里盖特礁脉是一个月牙形的大型珊瑚礁，其中分布着几个小沙岛。我选择了其中一个沙岛，将龙睡丸号停泊在一海里外的海面上。

我们立刻放下渔船，以便派一队人马上岛调查。渔业长率领五名水手、渔夫登上了沙岛。

渔船靠上沙岛后，六个人一上岸，就看到不少黑色的庞然大物在移动。上前一看，原来是龟壳长达一米的绿海龟，正在慢悠悠地爬行，其中还夹杂了几只玳瑁。

“好极了，全都捉起来！”

大家一齐动手，把海龟挨个翻成肚皮朝天。

这样一来，海龟沉重的甲壳压在下方，它只能不停地摆动短腿和头颈，想逃也逃不了。这种大海龟头部的力量很强，如果想从头部把它翻过来，必须三四个成年人合力才能办到，但如果从尾部的话，一个人就可以轻松翻过来。海龟的重量从一百三十公斤到二百二十公斤不等。

“嘿呀！嗨呀！”

我们把海龟装进网篮，两人一组抬到系在海滩边的渔船上。

海龟大丰收让大家兴高采烈，流水线似的运个不停，海边的渔船上很快便堆起肚皮朝天的海龟。因为装得太满，浪都快打上甲板了。

渔业长大声叫嚷：

“够了！装这么多,船会被海龟压沉的。得分几次运回主船。”

主船上，我一马当先，所有留守的人全部出动，把渔船运来的海龟接过来。甲板上堆满了翻着肚皮的海龟，大家都为这次的大丰收感到心满意足。

龙睡丸号离开这座遍布海龟的珊瑚礁岛,继续朝西北方前进。

随后，经过一座三角形、山顶雪白的岛屿附近。这座岛屿名叫加德纳岛，岛上寸草不生，山顶的那片雪白其实是鸟粪。

岛上海鸟群集，简直可称是鸟岛。远远望去，成群飞翔的海鸟染白了天空，看上去就像岛上降了霜。

经过这座岛后的第二天，正好是中午左右，当值的瞭望员正注视着水平线，忽然在遥远的水平线上发现了一个物体，上面看似长着两三根头发，那是莱桑岛。

莱桑岛是座低矮的珊瑚岛，白沙上长满了翠绿的蔓草和杂草，景色优美。两棵椰子树和一棵昌化枥是这座岛的特征，也成为航海者容易辨识的标志。十多年前，美国人运送了大批劳工来到这里，大规模采集鸟粪运到夏威夷岛，作为种植甘蔗的肥料。

岛屿周围的海里，鱼类极为丰富。总之，因为有大量鱼群可供食用，鸟类也聚集在这个地方。

龙睡丸号从火奴鲁鲁起航后，不知不觉过去了一个多月。来到无人岛利相斯基岛时，已是五月中旬。

我们将船行驶到利相斯基岛附近，下锚停泊，在这里检查用来判定船舶位置的精确航海钟——经线仪是否准确。我们用六分仪测量了上午、中午、下午的太阳高度，计算地球的纬度和经度，比较后发现我们的经线仪是正确的。

利相斯基岛是个低矮的沙岛，岛上生长着杂草和小树，也有很多海鸟、海龟和鱼类。海岸边有几头海豹，一副岛主的模样，但一看到我们上岸，就全都逃进海里了。

这座岛屿的名字来自俄语，为了纪念一八〇五年一艘俄罗斯帆船发现了这座岛，遂以该船船长的名字为这座岛命名。

调查了这座岛后，五月十七日，龙睡丸号继续朝西北方前进，驶向夏威夷群岛中最边缘的岛——出产清水的中途岛。

此时，龙睡丸号上堆积的渔获有鲨鱼千条、海龟三百二十只、玳瑁两百只和很多海鸟。

海鸟当中，体型最大的是信天翁。它的肉可以食用，但并不鲜美。信天翁的蛋也可以食用，尾巴和翅膀上的大支羽毛可以用作西洋女帽的装饰品，胸前的柔软羽毛适合用来填充女式大衣的内里，其他羽毛也能作为枕头、棉被的填充物出口。

信天翁从海面起飞时，如果有风，只要迎着风左右展开宽阔的翅膀，就能不费丝毫力气，轻飘飘地浮上天空。但没风的时候，就要像其他海鸟那样，不停地拍打翅膀，用脚划水，摆出在水面上奔跑的姿势，才能飞上天空。

信天翁在陆地上行走、奔跑都很笨拙，人迎面向它走来时，它只会张开翅膀，完全不知道躲避。就如同它的日语名字“阿呆鸟”一样，很容易被人抓到。栖息在无人岛上的这一大群信天翁也不例外，通通被上岸的船员用粗棍子捕获了。

总之，龙睡丸号可以说是满载而归，同时也完成了对所有目标岛屿的调查，成绩优异。接下来在中途岛补充饮用水后，就要直接穿过大海，回到日本了。

龙睡丸号的所有船员都精神振奋。

珀尔－赫米斯环礁

离开利相斯基岛，朝着中途岛出发的翌日，亦即五月十八日中午，我们测量船的位置后，发现比预定的航线向北偏离了二十海里。这一带的海流一直向北，比预想的更湍急，把船明显冲离了航线。

要去往中途岛，必须经过珀尔－赫米斯环礁的南方。珀尔－赫米斯环礁由数个小岛和暗礁组成，如果撞上暗礁，将会十分棘手。因此，即使船被冲到更北方，也要与珀尔－赫米斯环礁最南方的暗礁保持十海里距离通过。于是我们决定了船的航向。

龙睡丸号从火奴鲁鲁起航以后，将帆全部张开，迎着一直吹拂的东北信风，行驶得轻松愉快。

珀尔－赫米斯环礁包括数个低矮的珊瑚礁小岛和一群暗礁，散布在南北九海里半、东西十六海里的广阔海面上，从过去便流传着许多船只遇难的故事。以下便是其中之一：

一八二二年四月二十六日晚上，两艘英国的捕鲸帆船珀尔号和赫米斯号，同时搁浅在相距十海里的小岛上，船身毁损。后来，两艘失事船只的船员们集中到一座岛上，开始无人岛生活。他们把两艘毁损船只的木材、木板、钉子收集起来，合力建造了一艘三十吨的船，乘着它终于抵达了夏威夷岛。从那时起，就用这两艘船的名字——珀尔号、赫米斯号，将这群珊瑚礁命名为珀尔 - 赫米斯环礁。

这两艘捕鲸船都是木船，因此可以利用毁损船只的木材建造一艘小船，如果是铁皮船的话，恐怕就没办法造船去夏威夷了。而且过去帆船的船员都心灵手巧，大多会做木工活儿。

为了平安通过珀尔 - 赫米斯环礁，龙睡丸号乘着和风张满了帆，朝着中途岛前进。

不久，天黑了，到了十八日晚上十点左右。突然，一直吹拂的东北风止息了，一丝风都没有。

帆船依靠风力行驶，没有风就一筹莫展。这种时候，下锚停泊是最安全的做法。

于是我们准备下锚。测量海水深度后，发现海水很深。测深线最深可以测量到一百二十寻（二百一十九米），此时竟然到不了海底。这代表海水深得异乎寻常，已经超过一百二十寻。

没奈何，只能让船漂上一阵子。船随着海流不断漂远。

没过多久，波浪的起伏越来越猛，船开始剧烈摇晃。漆黑的大海仿佛在捉弄无法动弹的帆船，一浪高过一浪，不停地摇撼着船身。

船摇晃的猛烈程度，让值完班想打个盹或睡个觉的人都无法入梦。我一次次来到甲板上注视着天空，想看看起风没有。

就这样，难熬的一夜过去了，到了十九日的早晨。然而从前一天夜里风停时起，天气就变了，乌云遮蔽了天空，看不到太阳。

只要有哪怕一缕阳光，就能测量太阳的高度，从而得知船的位置。我和大副准备好了六分仪，专注地望着天空。不知道自己船只所在的位置，没有比这更让人坐立不安的事了。

为此，我加强了瞭望，让两个人爬上桅杆负责观察情况，每两小时换一次班，从早到晚不间断地监视四周。

不管是在甲板上，还是在桅杆上，每个人都目光炯炯地注意着船四周的水平线。水平线上有没有出现岛屿？海水的颜色是不是正在改变？有没有看到成群飞翔的海鸟？一旦发现这些情况，就要立刻通知我。然而，他们什么也没有看到。

在这附近的热带海洋上，天气晴好时，从桅杆上瞭望海面，可以透过海水颜色的变化，发现暗礁或浅滩。最理想的观察时机，是太阳高于水平线，且光线是从后方投射下来的时候，此时即使有一些风浪，也能清楚地看出暗礁或浅滩。

大略来说，在一米左右的极浅处，海水是淡褐色。十寻到十五寻（十八米到二十七米）左右，是偏蓝的绿色。此后海水越深，蓝色便越淡。到了二十寻（三十六米）以上的深度，海水就变成了绿色。再往深处，则是深绿色。三十寻（五十五米）以上的深度，海水呈蓝色，越到深处，越蓝中带黑。

另外，接近海面的暗礁，波涛撞击时会翻起白色的浪花，由此可以察觉其存在。

成群飞翔的海鸟下方有岛屿，这是不言自明的事。虽然海鸟也会飞翔在鱼群的上方，但从飞翔的姿态就能区别。当海鸟一圈圈地盘旋飞翔时，下方必然有鱼群。

不管怎样，我决定一到水浅的海域就下锚。我们准备好了船锚，尽管知道海水很深，还是不时测量海水深度。然而，测深线始终到不了海底。潮水流速很急，大家心里都十分担忧，不知情势会如何演变。

十九日一天就在心惊胆战和不愉快中度过了。

漂流向暗礁

夜空中看不到一颗星星。白天，蓝中透黑的海水涌起又沉落。漆黑如墨的夜海上，摇晃船身的大浪势头更猛，上下起伏着，也不知会将船冲向何方。

仿佛被大自然无形的绳索绑缚住一般，船只和船员都无计可施，只能任由海流摆布。波涛像是在嘲笑人类的软弱，用力晃动船身。这种时候船长内心的煎熬，就算说得再多，没有经历过的人也是不会理解的吧。

夜半时分，船上的报时钟锵、锵地敲了八下，这八下钟声敲过，代表到了二十日零点。

过了约一个小时，我走出自己的房间，到船尾的甲板上跟大副说：

“真是伤脑筋，看来一时半会儿起不了风。不管怎样，我们还是继续测量海水深度。”

话音刚落，一旁测量水深的水手惊恐地报告：

“一百二十寻的测深线到底了！”

我一听，立刻大吼：

“所有人各就各位！”

休息的人全都被叫了起来，进入紧急警戒状态。

随即再次测量海水深度，得到的报告是“六十寻（一百零九米)”。

一百二十寻突然变浅到六十寻，证明船正在接近珀尔 - 赫米斯环礁。珀尔 - 赫米斯环礁的珊瑚礁都是陡峭的岩石，如同屏风般耸立在深海海底，顶端只稍稍露出海面，因此即使距离岩石只有半海里，水深依然有六十寻。

船正在被推向珀尔 - 赫米斯环礁的暗礁，这已是无可避免的命运了。等到了再浅一点的地方，不管海底是砂石、淤泥还是岩层，都必须立刻下锚。

我下达命令：

“准备下锚！”

接着，只听测量水深的水手喊道：

“四十寻！”

“三十寻！”

水深在变浅，但速度太快了。船一秒一秒地被推向暗礁的方向。

“二十寻！”（三十六米）

危险已迫在眉睫。

我下令：

“右舷下锚！”

扑通！嘎啦嘎啦嘎啦……右舷的锚从船头落入海中，锚链滑动的声音，听起来和平常不一样。情况万分紧急。

然而，因为海底是岩层，锚爪没有钩住。船嘎啦嘎啦地拖着船锚，继续漂向暗礁。

撞上浅海海底岩石激起的波浪，和从外海涌来的波浪，想必正在深夜的大海上激扬轰鸣吧！船身晃动得太剧烈，甲板上的作业也难以进行。

“锚还在移动！”

水手用几乎喊破了喉咙的音量，大声向我报告。船没有被锚拉住，仍在不断朝着暗礁漂去。这就危险了！

“左舷下锚！”

我立刻下令。左舷的锚也抛了下去。两只船锚终于牢牢钩住海底的岩石，锚链开始绷紧。

当时，大副和水手长在船头操作船锚，我则在船尾甲板上指挥。帆船上没有船桥，为了观察吹向船帆的风向，以便下达命令，指挥者通常都站在船尾。

只要锚爪钩住海底，牢牢地固定住，同时锚链绷紧，船头就会被锚链拉住，不再漂动。而船尾也将开始朝一个方向打转，很快整艘船都会笔直朝向船锚的方向，呈现停泊的状态。不过，船头如此静止下来后，波浪拍打船头的力量，就和拍打不动的岩石一样强大了。

“锚链绷紧了！”

大副大声报告。

“很好。”

我回答，心想这下可以松口气了。就在这时——

“砰！”

一个大浪打在船头上。大波海水如同海啸般砸落船头，船身猛烈一晃。

“刮！”

一种渗透般的声音从底部传到船体。

“糟了，锚链断了。”

刚刚这么一转念，果然就听到水手悲壮地报告：

“右舷锚链断裂！”

我正要回应，又传来一声——

“刮！”

我心中一凛。啊，两条都断了。

“左舷也断了！”

船头响起呻吟般的叫喊。这下惨了。

“全体人员听着：准备预备锚！”

我大声下令。这是最后的手段了。

“啊！”

耳边传来“轰——轰——”的声音。一片黑暗中，什么都看不见，只听到波浪与岩石搏斗的声音。

暗礁就在附近。船依然拖着海底断裂的锚链，持续被推向岩石的方向。危险已近在眼前，情势极其危急。照这样下去，船将会撞上暗礁，变得支离破碎，而后沉没——

船的命运现在都系在用来应对紧急情况的预备锚上。全体船员拼尽全力，着手准备预备锚。

还没有在小船上经历过滔天巨浪的你们，根本无法想象当时的状况。总之，周遭黑沉沉的，什么都看不见。那是夜里一点多、快两点的时候。

从深海涌起的大浪强劲有力，奋不顾身地撞向稍稍露出海面的暗礁，然后被反弹回来，和一波又一波有规律涌来的波浪互相冲撞，激荡翻腾，形成越发狂暴的三角浪①，此时又有新的大浪涌来，几股波浪合力摇撼着船身。如果用辞藻来形容的话，就是——

尽情狂舞的波浪，猛烈摇晃着帆船——

怒涛将船只拍打得面目全非——

不过话虽如此，实际情形却绝非文字所能描绘。

先说清楚，这种大浪并不是暴风雨时的惊涛骇浪。天气很平

①方向不同的波浪冲撞在一起而形成的巨浪。

稳，也没有风，但汹涌起伏的波浪不断袭来，激烈地拍打着暗礁。

所有船员拼命地准备投放预备锚，但甲板向前后左右剧烈倾斜，不抓住物体根本无法站稳。

刚才右舷和左舷的船锚都已投入海中，但在船头的左右两边，还各安了一只随时备用的锚。预备的大锚牢牢地绑在靠近船头的甲板上，无论多大的波浪打上来，也不会被卷走，不管船如何摇晃，还是纹丝不动。如果这只锚移动了，恐怕会把甲板砸个大窟窿。

我们解开绑住预备锚的小铁链和绳索，系上粗锚索，准备抛入海中。作业的过程不能有丝毫闪失，如果预备锚随着船的激烈摇晃而滑动，作业人员就有可能会折断手脚。

老练的水手长，不论面对多大危险也毫无惧色的大副，还有四名本领高强的水手，他们在油灯的照耀下，一脸铆足全力的表情在准备预备锚。其他人则拉出粗大的锚索。

“轰——轰——”

波浪拍打岩石的声音，越来越震耳欲聋。

“啊，看到雪白的碎浪了！”

“礁石就在附近了！”

已经来不及了吗……船拖曳着垂在海底的长锚链，因此船头朝向涌过来的波浪，往后方漂去。

大浪把船头“哗——”地抬起，接着涌过船尾，船尾也一气拱起，船头顿时向前倾倒。

“啪嗞、啪嗞、咚！”

船底发出巨响，甲板上的人瞬间几乎跌倒。

“撞上了！”

礁石穿透了船底，甲板猛地拱起。连接水泵和水罐的管道也因为船底被礁石划破、抬起，从甲板上飞了出去。与此同时，大浪第一次冲撞到无法动弹的船身。

“砰！哗啦！”

山一般的海水崩落在甲板上，凭借撞击产生的巨大力道，粉碎了横扫到的一切，然后如瀑布般从甲板倾泻而下，将打碎的东西一样不剩地冲走。狂暴的巨浪接二连三地拍打过来。

现在准备预备锚也没用了。我们终究还是搁浅在珀尔 - 赫米斯环礁的一个暗礁上，船的命运已定。此时是凌晨两点多，距离天亮还早。

急切等待黎明

我们的龙睡丸号被冲上了暗礁，不过船底卡在礁石上，船头朝着波浪的方向，因此船体一时还不会破裂沉没。本来船只就是依靠船头破浪前进，所以船头都会建造得格外坚固，适合劈波斩浪。

因此，我首先判断船身可以坚持到天亮。如果波浪是从船的侧面袭来，只怕立刻就四分五裂了。

我在一片黑暗的甲板上，将所有船员召集起来宣布：

“各位平时应该就对这种状况做好了心理准备。要在这黑暗当中，游过拍打岩石的大浪上岸，只会白白送命。所以我们等天亮了再上岸，只要再忍耐三个小时就行了。这段时间里，我们分头去尽量收集今后五年、十年无人岛生活需要的物品。”

我迎着当头打下的巨浪，坚持站在甲板上宣布了这个决定，而后大声下令：

“四名渔夫，负责保护渔船。把渔船牢牢绑好，不要被波浪冲走。

“四名水手，负责保护舢板。舢板是我们的性命所系，水手长，你要保护好舢板。

“渔业长，即使我们能安全上岸，但从波浪的凶险程度来看，也很难将充足的粮食运上去。所以渔具很重要，尽可能地多多收集，准备带上岸。

“榊原大副，你先将挖井的工具收集齐，铁锹和鹤嘴镐这两样一定要有。火柴、望远镜、锯子和斧头也必不可少。

“实习生和会员们，上岛以后，我们可能要在无人岛上生活好几年，如果日后只是平安返回日本，那就无颜面对国人了。所以你们要专心继续原先期望的学业，尽量收集书本带上岸。船长室里的书全部带走，六分仪、经线仪也是。听清楚了吗？马上行动起来！”

船“砰”地一声撞上岩石的刹那，船内的灯火尽数熄灭。因为撞击岩石的力道太猛，室内书柜、架子上的书都飞了出去，各种器具滚落一地，舱房的地板上和甲板上都狼藉不堪。

油灯一次次点上又熄灭。虽然没有风，但不断有浪花飞溅，浇灭了灯火。大家在黑暗中淋着兜头砸来的海水，摸索着收集物资。

在波浪的冲击下，船体发出吱吱嘎嘎的诡异声响。大浪每一次袭来，都会打坏某个地方，卷走一些东西。

为了防止被波浪冲走，我们把渔船绑得紧紧的。然而一个大浪猛扑过来，就把渔船打得粉碎，连一丁点碎片也没剩下。不过保护渔船的四名渔夫不愧是经历过无数大风大浪的勇士，全都平安无事，没有一个人受伤。

我向大家下达完命令后，立刻冲到船长室，把必要的书籍理到一起，用包袱巾包好，放在床上，然后一直待在甲板上指挥。大浪从右舷打上来，破坏了船长室的门，直冲到左舷，室内的物品被一洗而空，海图、水路志和罗盘都被卷走了。

还有一艘舢板没被海浪冲走，这是我们求生的希望，只有它无论如何不能失去。所有人都全力以赴地保护这艘舢板。

即使在如此危急的时刻，十六位船员依然沉着冷静地应对，特别是小笠原老人，不断鼓励着年轻人，同时进行上岸的准备工作。

这个夜晚，时间流逝得格外缓慢，我们望眼欲穿地盼着黎明。快点天亮吧——我们一边淋着海浪，一边向神明祈祷。

出生于小笠原岛的归化人范多问我：

“岛上会有饮用水吗？”

我心中一惊。小珊瑚礁上不可能有淡水，但如果我说即使千辛万苦上了岛，也没有维持生命的淡水，大家该是多么失望。

“会有水的。”

我答道。思量再三，明知是谎言，我还是在呆了半晌后这样回答。

不管怎样，只要再忍耐一两个小时，天就会亮了。我估计船体可以在海浪冲击下撑到那时候。

每一次大浪来袭，船体就吱吱嘎嘎地颤抖。甲板上的木板接缝处都裂开了，一块块木板扭曲变形，难以通行。桅杆也开始摇摇晃晃，不知什么时候就会倒下。

“当心桅杆！”

大副提醒大家。

舢板和人都被波浪卷走

也许是神明听到了我们的祈祷，夜色终于逐渐转白。在晨光中一看，果然是撞上了暗礁。礁石绵延向远方，怒涛卷起浪花无数。

离船一百米左右，有一块很大的平坦岩石露出水面。岩石与船之间，汹涌的大浪在猛烈翻腾。

“应该可以看到岛了，爬上桅杆看看。”

我让两个人爬上摇摇欲坠的桅杆瞭望，但晨雾遮蔽了视线，看不到岛屿。

我凭着对海图和水路志的记忆，告知所有船员：

“看不到岛。我们暂且先爬上附近的那块岩石，再去寻找小岛。船长最后一个上岸，但如果我无法上岸，大家就从这里向北方前进，一定会遇到小岛。倘若那个岛上没有水，就再去往西北方的下一个岛，那里就是中途岛。”

“好，上岸了。大家做好准备，别忘了要带出来的东西。每个人尽量多穿衣服，冬装和夏装都穿上，袜子和鞋子也都要穿。戴上帽子，用手帕或毛巾把脸包严实。凡是能当带子用的东西，不管几条都牢牢绑在身上。别落下小折刀（水手用的小刀）……”

所有人都穿得像爱斯基摩人一样。这是因为衣服是今后必不可少的物品，而且在经过冲刷珊瑚礁的惊涛骇浪时，即使被波浪冲倒也不会受伤。

“放下舢板！”

听到期待已久的命令时，所有人都紧张了起来。全体船员求生的希望，都寄托在这唯一一艘舢板上，无论发生什么事，都必须安全放下舢板。同时我们也都心知肚明，如果舢板被波浪卷走，十六个人就一个都没有获救的希望了。这真是一件要豁出性命的严肃事情。放下舢板的作业，是关系到十六个人是否能得救的大事。

大浪在无休无止地袭来，我们要看准一波海浪退去的间隙，在那短短一瞬间，一声呐喊：“嘿！”全力放下舢板。万一时机没把握好，大浪刚好把舢板猛地抬起，撞上主船的船舷，就会霎时裂成碎片。此外，如果舢板被一口吞入海中，也就全完了。

因此，为了平息这样的大浪，我们要先倒油入海。

遭遇惊涛骇浪时，船只经常会往海里倒油。油在海面扩散开后，原本发疯般翻腾的海浪就会归于平静。

狂暴的大浪，看上去就像数万匹连绵不断的高大马儿，披散着雪白的鬃毛，无边无垠地疯狂奔跑着。倒入油后，白色的鬃毛就会隐去，成为只上下翻涌的大浪。世界各国的船员从过去就知道，油可以减弱波浪的势头。

这个方法是一艘捕鲸船发现的。那艘捕鲸船被暴风雨摆布得七荤八素，就在已经绝望准备放弃时，船的摇晃突然缓和下来，波浪也不再打上来了。感到不可思议的船员细看四周，发现一条死去的鲸鱼漂到了附近，原来是鲸鱼体内流出的油让海浪归于平静。由此他们知道油有平息波浪的效验，而且只消一丁点油即可。仅仅一小滴油，就能让两米见方的海面平静下来。如果要让主船周围一带的海面保持静谧，以便放下舢板，只要在一小时内，一滴一滴地向海中倒入半升油就行了。按照学者的说法，油会不断扩散开来，化为一层薄薄的膜，厚度只有一毫米的两百万分之一，令人难以想象。这层薄膜覆盖在海面上，波浪就会止息。

因此，龙睡丸号的船员也准备用油平息狂暴的波涛。

我们将海龟和鲨鱼的油倒入石油桶，在桶身上钻出几个小孔，丢了两三桶到海里。但对于礁石附近的汹涌巨浪，油完全起不到作用。

终于，大副和水手长坐进了舢板。我们将舢板吊在滑轮的绳索上，开始放下。

看准波浪退去的间隙，我们总算把舢板放到了水面上。

就在这时，怒涛如山一般猛扑过来，只一个浪头打过，舢板和人转眼间都不见了。

之后，只有白浪在汹涌起伏。

所有人都脸色大变。我们赖以求生的舢板被波浪吞没，信赖的领导者——大副和水手长也都被波浪卷走，这下我们到了绝境了。

身为船长的我也如此认定，其他船员当然更不例外。没有一个人说话，人人都全身湿透，脸色发青。

龙睡丸号迟早会遭到和舢板同样的命运，难道我们就这样死在这里吗？大家注视着翻涌的白浪，沉默不语。

一秒、两秒、三秒。

“喔！”

“啊！”

“呀！”

突然，两三个人惊叫起来，还有人指着礁石的方向，不停翕动着嘴巴。我注目望去，对面那块高出海浪一两米的平坦岩石下方，不是正靠着底朝上的舢板吗？

呀！从白浪中浮出了两个黑脑袋。

太好了！两人开始往岩石上爬。

波浪的轰鸣声中，无论怎样大声叫喊，一百米外也听不见。但他们还是指手画脚地告诉我们，两人都平安无事，舢板也没问题。

“万岁！”

我们忍不住欢呼起来。

“啊，太好了！”

大家互相望着，都松了一口气。

在波浪上走钢丝

这一来，我知道无法依靠舢板上岸了。

于是，我们在救生圈上绑上细长的绳索放进海里，救生圈被流向岩石方向的潮水推动着，很快就漂流到岩石旁。

岩石上的两人捞起救生圈，这样岩石和船之间就用细绳连上了。

船上立刻在这条细绳上结上马尼拉麻做成的粗绳，把绳子加长，再让岩石上的两人把绳子拉过去。

就这样，现在有一条坚固的马尼拉绳连接在船和岩石之间了。两人把马尼拉绳的一端牢牢绑在岩石上，船这边再把松弛的绳索“嗨哟嗨哟”地拉过来，拉紧之后固定在船上。

这条粗大的马尼拉绳将作为索道使用。它是我们爬上岩石的唯一依靠。

接下来，我们在这条索道上绕上一根结实的绳子，做成一个绳圈，用来垂吊人。然后把绳圈系在另一根长绳的中间，将长绳的一端送到岩石上，另一端固定在船上。

这样，岩石和船之间就架起了两条绳索。一条是两端都绑得很紧的索道，另一条是交通绳，用来移动套在索道上的绳圈。从岩石上拉动这条交通绳，同时船这边放出去，绳圈就会滑向岩石的方向。而如果船上拉、岩石上放，绳圈就会朝船的方向滑动。

从船和岩石两边轮流试拉系着绳圈的交通绳，结果相当乐观。我们应该可以靠它登上岩石。

于是，最年轻的渔夫国后第一个坐上绳圈。我们用绳子把他壮实的身体紧紧绑在绳圈上，他用两手抓住绳圈，面朝岩石的方向。

我们从船上放松交通绳，岩石上的大副和水手长则“嘿哟、嘿哟”地拉了起来。

但是，索道太长了。绳索的一端固定在低矮的岩石上，另一端也没有固定在船上的高处，即使绷得再紧，索道的中央也会因为绳索的重量而下垂，浸在海水中。套在索道上的绳圈绑上运送的人后，人体的重量把索道压得更低了。

渔夫国后一离开船，立刻浸到滚滚波浪中。不过，只要抓牢绳圈，一动不动地忍耐，终归会被拉到岩石上。运气不好的话，会喝上好几口海水，在水浅的地方，还会一再撞上海底的岩石，但不管怎么样，总比游泳安全。只要索道和交通绳不断掉，就没有性命之忧。

国后在波浪中时隐时现，渐渐离船远去，终于被大副和水手长合力拉到了岩石上。国后从绳圈上解下绳子，站在岩石上高举起双手挥舞着。用索道送人过去这个办法,看来竟是意外地可行。

船上拉动交通绳，把绳圈拉回来，这次绑上的是年纪最大的小笠原老人。

“拉过去！”

我们打了个手势，岩石上的三人说了声：“好！”便用力拉起交通绳，转眼间又一个人到了岩石上。

就这样一个接一个，除了我之外，其他十五个人都平安地在岩石上会合。

用索道送人已经不用担心了。接下来，还要把必需品搬上陆地。独自留在船上的我招了招手：

“来个人回主船上！”

大副第一个随着我拉的绳索回来了。接着是水手长和体格强健的会员川口、善于游泳的归化人父岛，都陆续回到了船上。我们把手边可以漂浮的东西丢进海里，这些东西霎时就漂向岩石的方向。岩石上的人等它们一靠近，就逐一捞起，运到岩石中央，以免被波浪卷走。因此,可以漂浮的物品就不需要用索道运送了。

我们打算运出粮食，但靠近船底的粮库已完全浸在海水中，无法进入。厨房里还有一袋米,这是负责做饭的人为了准备早餐，前一天晚上从下面扛上来的。因此，我们要想个办法，保证这袋米既能送到岩石上，又不会被浸湿。

我们用两条毛毯原封不动地包住米袋，再拿雨衣仔细包好，放进木制的大米缸中，将盖子盖紧，然后涂上防水的油，用帆布再包上一层，绑上绳索投入海中。它很顺利地漂流到了岩石旁，米没有被浸湿。

接下来，我们又找到了一袋浸湿的米，但没有箱子让它漂流过去。为了防止米袋破裂，我们把它用帆布包好，绑上绳索，再和两个空油桶绑在一起，油桶口用破布塞住，把空油桶当成浮子，然后念叨着“顺利到达岩石边吧！”把它投进海里。果然这次也很顺利，轻快地漂流到了岩石旁。由此我们知道，两个石油桶具有浮起一袋潮湿大米的浮力。

我们船上的五人顿时精神大振。

“好，来收集石油桶吧！”

大家四处寻找石油桶。为了存放海龟和鲨鱼的油，船上备有很多石油桶。

我们把各种物品绑在石油桶上，投进海中，送到岩石上。挖井用的鹤嘴镐、铁锹，还有锯子、锅、望远镜、毛毯、船帆和帆布、大量的绳索、从厨房搬出来的粮食等等，全都通过石油桶送上岩石。

不过，也有一些物品在中途掉落，只有石油桶一帆风顺地到达岩石边。像是斧头、锅子都是。因为全是岛上生活不可缺少的物品，着实让大家感到失望。

擅长潜水的父岛潜入浸没在水中的粮库，拖出装有罐头的木箱。他爱吃甜食，首先搬出一箱炼乳，里面还剩二十八罐。第二次潜下去，搬出一箱牛肉罐头，还有羊肉罐头、水果罐头。他摸索着找到装有罐头的沉重木箱，使尽全力搬出来。这些珍贵的罐头后来都平安送到了岩石上。

渔业长好不容易收集齐了渔具，却在一转眼间被波浪卷走了，大家都沮丧不已。

接收了船上各种物品的那块岩石，面积当然比船更大。岩石面向船的方向波浪拍击，溅起雪白的水花，像是要攀上岩石一般。但在另一侧，也就是岩石的背面，因为有岩石作为防波堤，水面十分平静。岩石正面和背面海水的变化，反差真是巨大。对我们十六个人来说，岩石背面的平静水面，是个很好的避风港。

我们把翻转过来的舢板扶起，舀出里面的水，把橹和桨捡拾整齐，系在岩石背面的港湾。漂流过来的物品都堆积在岩石上。

如果十六个人都坐上舢板，就会挤得满满当当，再也放不下其他东西。因此，我们决定造一条细长的三角筏来堆放物品。三角筏的材料就从船上随手拆下来，送到岩石上去。把圆材、帆桁、木材、大木板、房间门等等投进海里后，波浪转眼间就将它们送到了岩石旁。岩石上的人们捡拾起来，在后面的港湾里迅速组装好了一艘三角筏。

随着时间的流逝，船也逐渐被波浪摧毁。如果因为太过贪心，一直留在船上不走，最后一定会有性命危险。已经到了该弃船的时候了。再说，我们还要去寻找今后漫长岁月里可以居住的岛屿。

我们五人依依不舍地离开龙睡丸号，依次从索道爬上岩石。

“全体集合！”

我让大家在岩石上排好队，开始点名，并逐一检查人员状况。所有人都平安无事，无一受伤。我说：

“经历这么大的风浪，我们连一个受擦伤的都没有，真是老天保佑。这一定是我们将来都能回到日本的预兆。现在，我们去岛上愉快地生活吧！要尽可能地多多学习，日后都将成为美好的回忆。大家打起精神，大干一场吧！就像我以前说过的，要始终对未来抱有希望。日本海员的字典里，没有绝望这个词。

“三角筏就系在这里，物品放在岩石上，接下来，我们要坐舢板去寻找岛屿。等找到了岛屿，决定了住地，再回来带走三角筏。

“在舢板上装上挖井的工具、五六个空油桶、火柴、一箱罐头，还有起风后当船帆用的帆布、当桅杆用的圆木、当柴火用的木片。准备完毕之后，我们立刻出发。”

听了我的训示和鼓励，大家都高兴地点头，着手准备出发。

很快，一切准备就绪。

“舢板已准备完毕。”

大副大声报告。

“出发！”

我一声令下，十六个人乘坐舢板离开了岩石。

再见了，龙睡丸号

清晨的茫茫大海上，一丝风也没有，舢板灵巧地穿行于暗礁间，在山一般的大浪中时起时落，朝着北方前进。

当浪头把舢板拱起时，就能看到失事的龙睡丸号。或许是在依依惜别，龙睡丸号的桅杆无力地摇晃着。从远处望去，龙睡丸号不断被大浪拍打着，船身隐没在白色的波浪中，显得很可怜。即使已经伤痕累累，它依然勇敢地和波浪搏斗着，直到粉身碎骨。龙睡丸号真是令人怀念啊。

“龙睡丸号，这么久以来，我们生死与共，一起闯过了多少风浪。如今抛下你离去，是因为我们十六个人必须为了国家活下去。也许你会觉得我们冷酷无情，但也请体谅我们的心意。你的结局令人敬佩，绝不是白白牺牲。再见了！这应该是最后一次见到你了，永别了——”

在心里默祷的，大概不只是我这个船长。每个人眼里都含着泪水。

“它是艘好船啊——”

“是啊，要变成碎片了吗，真可怜。”

“别哭了。”

“你还不是在哭……”

一次次回头中，舢板一路向北划行。

舢板上坐满了人，用橹和桨艰难地划着。小笠原老人很爱惜地带着漂流到岩石边的碗和竹扫帚把。

“老人，这是拿来当拐杖吗？”有人问。

小笠原说：

“哈哈，不是当拐杖哟！碗也一样。大家都奇怪怎么会带上这种东西吧？但平常觉得没用的东西，紧要关头却能派上大用场。这就是阅历，你们年轻人不懂了吧，海上的历练还不够呢！”

他用一如往常的口吻说完，便开始打起盹儿来。

过了多长时间呢？因为没有时钟，我们都不清楚，感觉已经划了很久很久，却还是全然看不到岛屿。不过，实际上只划了不到两小时，并没有划出很远。从昨天夜里忙乱到现在，大家精神上都疲乏极了。

摇橹的人和划桨的人都口干舌燥，失去了平时的活力。可是，舢板上一滴饮用水也没有。龙睡丸号猛地撞上暗礁的一刹那，清水罐就破裂了。

“应该快要看到了才对。”

一个渔夫嘟哝着。小笠原鼓励道：

“一定会有岛屿的，别担心。”

过了一会儿，归化人范多担忧地说：

“我们会不会正朝没有岛屿的方向前进呢？要是半路上肚子饿了，那就麻烦了。不如掉头回去比较好。”

然而，没有人回应他。

船上的很多人都是当之无愧的海上勇士。此时人人全身湿透，舢板上拥挤不堪，无法动弹，只能蹲在那里，迷迷糊糊地打个盹儿。

大家对湿透的衣服都不以为意。航海中在甲板上执行任务时，一旦下起大雨，就会被淋成落汤鸡。万一遇到惊涛骇浪，波浪不断地兜头浇下，就更是全身湿透，即使穿着雨衣也没用。如果要换衣服，那就换不完了，况且也没有那么多换洗的衣服。值完班回到水手房间时，也总是湿漉漉的倒头就睡。

我勉励大家：

“再打起点精神来，轮流划船。闲着的人趁现在打个盹儿休息一下，等上了岛，可就有得忙了。”

“嗨哟、嘿哟、嗨哟嘿、嗨呀……”

轮换的桨手小声吆喝着，随着号子声有节奏地划动橹和桨。这号子声对打盹儿的众人来说，就像怀念的摇篮曲一般令人愉悦。

大副站在船头，手搭凉棚望着远方，敏锐地发现水平线上有一处地方，影影绰绰横着带状物。

“那个！”

“是烟吗？”

“是岛吗？”

“对了！赶快划！”

几个人同时大叫，大家都站了起来。“对了”是渔夫们的行话，表示看到了目标岛屿，或是抵达了岛上。

我们发现的是一个覆着白沙的低矮小岛，水面上的高度只有一米左右。

岛上寸草不生，方圆约一百米，非常小巧的一座岛。

“砰”地一声，舢板靠上了白沙的岸边。我们纷纷脚步轻快地奔向小岛。从太阳的高度来看，这时应该是正午前后。

一上了岛，南方海域的大太阳顿时把皮肤晒得火辣辣的。

为了庆祝登上小岛，我们首先开了一个宝贵的水果罐头。十六个人分吃一个罐头，尽管嗓子冒烟，嘴巴干裂，每人也只能尝上一小口。但因为水果带一点酸味，好歹止住了口渴。光是这样，大家就已经心满意足了。往后就要开始不知几年的无人岛生活，一小片罐头水果也已经是奢侈的大餐了。

我们迅速沿着小岛转了一圈，毕竟是个光秃秃的小沙岛，一根草也没有，也没有任何漂流过来的物品。这样是没法在上面居住的，大家不由得都面面相觑。

“看见岛了！”

有人大喊，伸手指着远方的水平线。那里有一个比现在立足之处大上三四倍的岛屿，岛上绿草丛生，还有海鸟在飞翔。不过远远望去，就像在发白的水平线上贴了一块薄薄的黄瓜皮。

“太好了！”

“就是它！就是那座岛了！”

所有人都来了精神，飞快地跳上舢板，划向目标岛屿。

大家都光起了身子

登上小岛后，只见遍地绿草如茵，不过一棵树也没有。岛上高处距离水面约四米，平均高度为两米，是个珊瑚礁小岛。成群的海鸟被我们上岸的身影吓到，嘎嘎地叫着，在头顶四下纷飞。

“很棒的岛呢！”

“怎么样，看这娇嫩的绿草，就像漂亮的地毯一样。”

“可不是，好奢华的住地啊！”

“岛不会动呀，哈哈哈哈！”

好久没上岸，大伙都高兴极了，想到什么就说什么。可是，要做的工作像小山一样多，时间很宝贵。

“全体集合！”

我在集合的十五人前站定。

“我决定住在这座岛上。从现在开始，所有人员全部投入工作。

“榊原大副，辛苦你带领四名划船高手，乘坐舢板回到岩石那边，把货物堆到三角筏上拖带过来。

“井上水手长，你带上四名有臂力的人，着手挖井。

“铃木渔业长，你带上四个人，快速将岛屿巡视一圈，找出所有有用的东西。这项工作完成之后，就着手制造蒸馏水。

“在投入工作之前，所有人先把衣服脱光吧！光着身子在这里生活。我们除了现在穿在身上的衣物，连一件换洗的都没有，往后还不知道要在岛上生活多少年，所以衣服非常重要。而且，也要考虑到冬天必须有衣服御寒。所以在可以不穿衣服生活的季节，就都光着身子吧！大家在开始工作之前，把湿掉的衣服摊开晒干，珍重地收起来。”

所有人立刻脱光衣服，赤裸着身体。

“衣服已经半干了。”

“啊，这下利落了。”

也有人用力活动着手脚。摘了腰带、全身脱光以后，顿时感到饥肠辘辘。这是很自然的，大家都没吃早饭，午饭也只是一片罐头水果。不过，我们也没有动手准备晚饭，因为没有工具、米和水。最重要的是，要抓紧时间干活。所有人都不顾饥饿，干劲十足地工作起来。

舢板组准备齐了橹和桨，精神饱满地出发了。

“我们走啰。生活用品和粮食我们会全部运回来，挖井就交给你们了。”

挖井组答说：

“那就拜托了。我们会挖出一口好井，让你们痛快地喝上冰凉的清水。”

生命之水

在岛上最高处附近的一块干净沙地上，随着“嗨哟”一声吆喝，我们第一次重重铲下鹤嘴镐，再用铁锹把沙子挖出来。不过，挖井可是个大工程，在珊瑚质的坚硬地面上一铲一铲往下挖，然后用铁锹挖起沙子扬到一旁。几个汉子赤裸的身上全是汗水，像在水里浸泡过一般，喉咙和嘴巴都干得冒烟，声音都发不出来了。水啊，水啊，多想有水啊。就是为了取得清水，我们才这么拼命地挖掘。挖井成了大家遇到的第一个难题。

“打起精神来！这是十六个人的生命之水。等下就给你们喝蒸馏水。”

我心里很清楚，这种情况下，千百句激励的话也比不上一小勺蒸馏水有用。我真想尽快让他们大口喝上蒸馏水，但制造蒸馏水却没那么容易。

渔业长和小笠原等人快速巡视了小岛一圈，回来向我报告：

“岛屿的面积为四千坪左右（约一百三十二公亩[①]）。北方有片一町（约一百一十米）长的沙滩，连接着一个突出的小岛。小岛的大小约摸三百坪(约十公亩),那里躺着约三十头粗毛海豹(一种小型海豹)。因为怕惊动它们，我们没有走到那附近。

“漂流木有两根，像是二十年前失事船只的桅杆，由美国松制成，上面有很多纵向的裂纹。还有四头大海龟，我们都给翻过来了。其他就什么都没有了。”

“辛苦了。现在赶快来制造蒸馏水，没有蒸馏水，就没办法挖井。”

于是由小笠原负责制造蒸馏水。

首先，用这附近的珊瑚块和沙做一个炉灶。

用炉灶把海水煮开，提取不含盐分的淡水。蒸馏水制造器是由三个石油桶堆叠而成。

在最底下的桶里倒入海水，将桶的上方凿开。

中间的桶是空的，在底部开上孔。

最上面的桶里也装满海水。

将蒸馏水制造器放到炉灶上，在下面生火。最下面石油桶里的海水煮沸后，就会在第二层的空桶里累积水蒸气，水蒸气被第三层油桶里的海水冷却，变成水珠滴落在第二层的桶里。

---

①一公亩等于一百平方米。

第二层的桶是稍稍倾斜的，因此收集到的水不会从水蒸气通过的孔流到下面的桶里，而是从扫帚把做成的管子流到外面，再用碗接住。

制作蒸馏水必须有柴火，从舢板带来的木片并不是很多，因此决定把巡视小岛时发现的两根粗大漂流木扛过来，劈成柴火。

因为没有斧头劈柴，就用小折刀削下木板，做成几根楔子，把楔子打进漂流木的裂缝里，遍布直木纹的美国松便干脆地裂开了。

就这样劈好了柴火，蒸馏水也很顺利地滴到了碗里。不过，我们等不及累积到半碗，因为挖井的人已经等急了，刚蒸馏出一点点便吸到了嘴里，而其他人都还无缘喝到。

不过，挖井的人因为这一点水又产生了勇气，继续往下挖掘，终于挖出一口接近四米深的井。

然而涌出来的水像牛奶一样雪白，带着一股咸味，根本不能喝。

“不行。”

话虽如此，柴火只有两根漂流木，而制造蒸馏水需要大量的柴火。况且柴火也不能都用来制造蒸馏水，还要用来煮饭做菜，小小的木片也很珍贵。

我们不知道要在这个岛上住多少年，无论如何必须挖出一口井。

就算把整个岛挖成马蜂窝，也要不断挖下去，直到有饮用水出来为止。这件事非同小可，一口井关系到十六个人的生命。

“加油干吧！”

怀着极大的决心，挖井组开始挖第二口井。挖一阵，舔一口滴落在碗里的蒸馏水。

这次挖了一口两米深的井，但水还是不能喝。水呈乳白色，味道是咸的。挖井组已经累得精疲力竭了。

就在这时，舢板拖着三角筏平安回来了。

“辛苦了。我知道你们都累了，不过还是跟挖井组轮换一下。”

从舢板下来的人们立刻投入挖井。暮色降临之前，又挖了一口接近两米深的井，出来的水比前两口井含盐量都要少，但再怎么将就，也不是能饮用的水。

另一方面，今晚休息的地方转眼间就完成了。我们把三角筏拆掉，用小木材当柱子，大船帆绷在屋顶上，还可以防风。这样，一个漂亮的帐篷就搭成了。仓库的帐篷用来堆放从舢板和木筏上卸下来的粮食和其他物资。

天黑以后，所有人在帐篷里集合。炊事值日生用岛上的海龟做了炖汤和烤肉，因为没有水，没办法煮饭。大家早上、中午都没吃东西，一直饿着肚子工作，因此连声“好吃”都来不及说，就把食物一扫而光了。每人喝了三分之一碗蒸馏水后，立刻觉得困意袭来。

“没有灯，大家也都累了，今晚好好睡一觉，明天早上再来讨论各种事宜。晚安。”

“晚安。”

“晚安。”

众人在帐篷里躺下了。岛上的规则是不穿衣服生活，睡觉时也不穿睡衣或裹毛毯。一躺到沙子上，鼾声立刻就响了起来。自从去年年底离开日本后，这是我们第一次睡在不动的陆地上，而且是在太平洋中央一个芥子般的无人岛沙滩上。这一切，谁能料想得到呢？

帐篷外的黑暗中，我和榊原大副、铃木渔业长、井上水手长三人小声商量挖井的事。

“这个岛上可能没有优质的清水，但是无论如何，至少要有可以饮用的水。榊原，你有什么看法？”

我说完，大副沉吟了一会儿，说：

“从那三口井来看，井挖得深了，就出不了好水。也就是说，因为深度几乎接近海面，所以才会出盐水。或许挖浅些比较好。”

渔业长听了，也想起一件事。

“很久以前，我因为缺水登上一座岛，在树根附近一挖，水就涌了出来。所以在草根附近，可能也有品质比较好的水。挖井组的水手长，你觉得呢？”

水手长也是一副茅塞顿开的表情。

“今天挖的三口井都不能用，真是很丢脸。明天我们再挖几口比较浅的井，我想会有好水涌出来的。水一开始会显得白浊，但只要放置一段时间，一定会变得很清澈。”

于是我说：

“没错。井水的深度、草的茂盛程度，确实和水质有关系。草根会吸收淡水，所以可以在草根附近挖一口浅井。另外，下雨后雨水汇集的地方也是个好选择。由于这里是珊瑚礁，富含石灰成分，刚开始会是白色的水，但最后会变清的。水手长，明天我们再来挖井。跟你们讨论决定以后，我也安心了。好了，快睡吧！”

“晚安。”

“晚安。”

光着身子的十六个人，在远海的孤岛上酣然入睡，度过了第一个夜晚。

四个规定

五月二十一日，我们在岛上迎来了第一个清晨。

起床后，全身都沾满了沙子。在这里不用整理寝具，只要掸掉背上、肚子上的沙子。也不用洗脸，直接跳进海里洗身体。当然也不用毛巾。

所有人朝着西偏北的方向遥望日本，同时感谢神明的护佑，让我们十六个人能平安地迎接无人岛的清晨。

然后我决定了今天的值班安排，包括挖井、制造蒸馏水、劈柴、炊事、整理物资等等。

挖井组在他们认为合适的地方挖了口浅井，把底部开了孔的石油桶埋进去，再堆上沙子加固，防止石油桶倒塌。井里的水透过石油桶底部的孔涌上来，积存在桶里。如同我们预料的那样，那水虽然有点咸，但总算可以喝。真是太好了，这样就可以将就着喝了。我们把这口井里的水兑上一半蒸馏水，混合着喝。

早饭是用海龟做的烤肉和炖汤。吃完饭后，我向大家宣布：

“从今天起，我们就要在岛上生活了。凡事开头最重要，所以我要和你们约定好。

一、用岛上获得的东西生活。

二、不讨论做不到的事情。

三、生活保持规律。

四、保持心情愉快。

以上四点，请各位严格遵守。”

众人都欣然点头。榊原大副代表大家说道：

“我们一定会遵守这四个约定。”

之后，由大副向全体人员讲话。他是粮食负责人。

“关于一日三餐，我们不能将米饭作为主食。就如大家所知道的，我们只有两袋米，必须尽可能延长吃完它的时间。所以我希望十六个人一天只吃两杯浸湿的米，这样应该可以撑到明年二三月份。因为也不能煮粥，只能多多煮些米汤，一天喝三次。此外就用海龟和鱼来填饱肚子。你们觉得怎么样？还有什么别的好法子吗？有的话，不用客气尽管说。”

水手长第一个开口了：

“一切都交给大副安排吧！”

众人一齐点头。

“那么，渔业长，鱼和海龟就麻烦你了。”

大副说完，小笠原看了眼渔业长，咧嘴一笑，习惯性地拍拍胳膊：

“老人我不会让大伙儿饿肚子的。”

这句话真是让人安心。

负责处理物资的人正在一一整理物品，把衣服、毛巾、绳索、帆布等拿去晒太阳，有的收拾造木筏用的圆材和木板，有的把舢板清洗干净，拖到岸边，所有人都忙于各自手头的工作。

心的基石

干净的沙子上，大家都睡得很沉。五月二十二日，无人岛生活的第二天，我一早就醒来了。

我静静地起了床，然后悄悄叫醒大副、渔业长和水手长三人，一起蹑手蹑脚地来到帐篷外。

拂晓的天空，星光闪烁，小岛和大海都还黯淡无光。我立刻跳进海中，沐浴着海水洗净身体。跟过来的三人也默默地有样学样，洗起了海水浴。

沐浴完之后，四个人做了个深呼吸，朝着西偏北方向叩拜神明，然后走到小岛中央，盘腿坐在草地上。

我坦率地说出自己的决心。

“过去漂流到无人岛上的船员们，发生过种种不幸的事情，最后走向死亡，成了岛上孤魂。究其原因，大多是出于绝望，认为自己再也无望生还故乡。我很担心这一点。现在在岛上的这些人，都是精心挑选的、真正的海上勇士，但只要有一个人胆怯起来，那就伤脑筋了。我们绝对不能各怀各的心思。从今天起，我们十六个人必须严守纪律，团结一心，始终保持着坚强的信念，并且要愉快地生活，像个真正的男儿，每一天都过得问心无愧。此外，我们还要抱着就当待在一间伟大的教室或道场的心情来生活。在这座岛上的日子里，我想好好指导这些年轻人。之所以这么早把三位叫醒，就是想听听你们的看法。”

大副说：

“我完全明白你的用意，事实上，我也是这么想的。今后我就当自己是这间教室的管理人，尽心教导他们。如果每天只是在岛上吃海龟和鱼，为了活着而活着，跟海豹也没什么两样。在岛上生活期间，我们彼此都要活出日本人的志气，还要坚持不懈地学习，以便日后报效国家。”

渔业长说：

“我也和船长想法一样。我过去遭遇过三次严重船难，可以说是九死一生。曾经在暴风雨中桅杆折断，随波漂流，也曾在乘船时与其他船相撞，因此沉没。在千岛的时候，船还搁浅在暗礁上。虽然每次都吃尽苦头，但也学到了很多东西，积淀成可贵的学问。往后还不知道要在这里待多久，我会尽我所能，力求让年轻人有所受益。”

最后是水手长，他很有礼貌地鞠了一躬，然后说道：

“我对学问一无所知，不过几次遇到有生命危险的情况，最后都平安度过了。虽然不懂理论，但实际操作起来，大部分事务我都能完成。我会鼓励年轻人不要灰心丧气，只要活下去，总有一天会从这座无人岛上获救。不论发生多么艰难、痛苦的事情，都要怀着对未来的期待，愉快地度过每一天。我也会凡事当先，只要有我的本领和体力用得上的地方，我都会尽力去做。”

他说得很实在。深知他一向品行的我，听后深受感动。

三个人的话都坚定而可靠，我再一次从心底感谢他们。

就这样，我们奠定了无人岛生活的内心基石，也决定了要走的路。当四个人站起身时，东方的水平线已逐渐明亮，海鸟开始在岛上飞翔鸣叫。

我决定从这一刻起，不论发生任何事，都绝不发怒，也不批评、责怪。因为我要让大家始终保持心情愉快，而责怪只会成为阻碍。

生火

从这天下午开始，我们不再制造蒸馏水。因为制造蒸馏水需要的柴火多得惊人，而前面也说过，我们只有两根漂流木，必须非常珍惜地使用。

为了不再留恋蒸馏水，我们干脆拆掉了炉灶。这样一来，所有人只能喝带着咸味的井水。

当然，我们也想办法在下雨时储存雨水饮用。我们将帐篷下方折弯，让落到屋顶的雨水流进空石油桶里。后来因为时常下雨，积存了不少雨水。

在设法储存雨水的同时，为了防止雨水流进帐篷，我们在帐篷里堆上厚厚一层沙子，又在四周挖了排水沟。花了一天时间，终于完成了住地和仓库两处帐篷的防雨工程。

一日三餐的烹饪少不了柴火，如果不节约着用，很快就会用完了。

于是我们将吃剩的鱼骨头和海龟壳收集起来，代替柴火来烧。一只大海龟的壳用作一天的炊事刚好，把它晒干劈碎，再在油里泡过，就会燃烧得很旺。

生火用的火柴所余不多，而未来五年、十年我们都要用到它，所以暂且收起来不用。天气好的时候，我们用望远镜的镜片聚焦阳光，制造火种。但这个办法在阴天和夜里无法使用，这种时候必须另外想法子。

于是我们用漂流木做成长约三十厘米的刮刀，将一头削尖，用尖刮刀在约摸一米长的粗大松木中央凿出十五六厘米长的凹槽，然后耐心地用刮刀用力钻磨，就会磨出细细的木粉，松木的凹槽加深，发出焦煳的气味。继续钻下去，就会微微冒烟。这时愈发用力摩擦，刮刀前端沾上磨出来的木粉，就会冒出火来。将火移到事先准备好的枯草叶或是绳索拆成的毛絮上，就能制造出更大的火种。

“如果手边随时都有火种，那该多么方便啊！”

基于这种想法，渔业长和小笠原老人做了一个好东西，那就是灯。

将空罐头的盖子全部去掉，装进半罐沙子，再注入海龟油，让油渗进沙子里，直到高出沙子三厘米。用帆布拆出的丝做成灯芯，插进沙子里，点上火后，就是一盏很像样的灯。为了防止灯火被风吹灭，用装罐头的木箱做框架，蒙上帆布做灯罩，就成了一盏灯笼。

灯笼的火保持日夜不灭，就成了长明灯。我们在帐篷的地面上斜插了一根粗壮的圆木，圆木的顶端距离地面一米高，将长明灯吊在上面，以免它被打翻或踢倒。做饭的时候，就从这里取火种，夜间还可以照亮帐篷。大家都十分高兴，因为它真的很有用。

接下来是我们一天三餐的食物。一开始是岛上的四头海龟，这些海龟三天就吃完了。

此后我们就钓起了鱼。将石油桶把手上的粗铁丝拆下来，把前端磨尖、折弯，就做成了钓钩。另外，把罐头木箱上的钉子拆下来折弯，也可以当钓钩用。

我们十六个人当中，有好几位钓鱼高手。巴鲣、鲯鳅、六带鲹等各种各样的鱼都能钓到很多。

鱼通常是做成生鱼片，因为最省事。也吃过烤鱼、煮鱼汤、用海龟油炒的鱼，但这些菜必须用到珍贵的柴火，所以不能经常吃。

虽然是晚些时候的事了，不过自从开始钓鱼之后，大米就吃得更节约了。米汤每隔一天或者两天才吃一次，最后干脆只吃鱼肉。

节约米是有原因的。当祖国日本的人们纷纷谈论："龙睡丸号迟迟未归，发生什么事了？它目前下落不明，是正在漂流中还是已经沉没？"并且登上东京的报纸时，应该是在秋末冬初。

接下来，如果派出船只搜索的话，搜索船抵达这座岛屿附近，总要到明年的五六月份。而且这只是我们一厢情愿的设想，也许祖国的人根本没想到我们会在无人岛上生活。

他们可能认为龙睡丸号已经沉没，船上的人员也都已遇难，因此不派出救援船。

所以，我们必须格外珍惜大米，把它作为最后的粮食。况且如果有人生病，也要留给病人吃，所以才要尽可能地保存大米。

堆沙丘

第四天，终于逐渐习惯了岛上的生活。五月二十四日一早，大家开始了一项大工程。除了负责做饭的人以外，其他人都着手进行运沙作业。这项工程有个重要的目的。

我们该怎样从这座岛上回到日本呢？

——乘着我们宝贵的舢板，一直划到火奴鲁鲁港吗？

从太平洋中央到火奴鲁鲁港，即使沿着岛屿前进，也有上千海里，这么小的舢板是断断不可能做到的。

——那么，造一艘坚固的大船吗？

我们没有造船的材料，也没有任何工具，这个计划无异于痴人说梦。

——或者，等待日本来的救援船？

不，这更是完全没谱的事情。

——既然如此，发现有船只经过附近时，请他们前来救援呢？

运气好的话，这个想法应该可以实现。

这座岛不在军舰和商船通行的航道上，但说不定什么时候会有船只过来。如果错过了这艘路过的船，那就惨了。我们绝对不能永远被困在这座无人岛上。因此，为了及时发现经过的船只，我们决定堆起沙丘，设立瞭望岗。

我们也知道可以不堆沙丘，直接搭一座高台，但那需要至少三根又长又粗的木材，而我们没有这样的木材。

岛上的最高处距离海面只有四米左右，另外还有一座两米高，一不小心就会被波浪打到的低矮小岛，所以看不到远方。于是我们把沙运到全岛地势最高的西海岸草地上，堆成沙丘以方便眺望。这是关系到我们十六个人能否逃出小岛、返回日本的大事，所有人都热心地投入堆沙丘的大工程。

我们用石油桶、木制水桶、装罐头的木箱、帆布和绳索做成畚箕，用铁锹铲了沙子运到高处。

这是一项很艰巨的任务。因为停止制造蒸馏水后，大家喝的全是带着咸味、富含石灰成分的井水，十六个人的肚子状况都很糟糕，出现了严重的腹泻，就像得了痢疾一样。我们没有任何药物，也很担心这样下去不知会怎样，但无论如何，都要尽快堆好沙丘。大家努力打起精神，投入作业。

因为腹泻很严重，虽然干劲十足，却没有力气。运上一两趟就得歇上一会，不然就动不了了。而且汗流不止，喉咙干渴，很想喝水。水只有勉强可以喝的井水，就是这个井水搞坏了我们的肚子。

不能自由喝水是帆船生活的宿命。过去船员们在大海中苦于缺水，想了各种各样的办法。据说在口渴又没有水时，把衣服打湿，让皮肤吸收水分，或是含小石子、舔铅块、咬一口辣椒，都可以暂时止住口渴。

于是我们十六个人都舔了一下渔业长原本打算做成钓线坠子的薄铅板，再继续运沙。

工作丝毫没有进展。到了工程开始之后的第二天：

“积少成多，很快就能堆成高高的沙山了。”

“运的沙子太重，会更加疲劳，还是一点点搬吧！”

“要是有车就好了。”

“说好不讨论做不到的事情啦！”

“可是，能拉的话，工作就轻松多了。对了，我有个好办法。”

实习生浅野想到了一个主意，将海龟壳翻过来，系上绳子，把沙子堆在壳上，三个人拖着，以此来代替车。

用这种方法，我们坚持工作了三四天。每个人都揉着不舒服的肚子，不住地呻吟着，却又互相鼓励说：

“我们可是人类啊，总不能输给蚂蚁。”

小笠原老人肚子痛得终于撑不住了，只有嘴巴还是那么能说会道。他一屁股坐在沙子上，指手画脚地说：

“嘿，小伙子们运来了沙，运来了沙。沙山一堆起来，我就站上了山顶，第一个看到了船帆，用响亮的声音大喊：

“‘是帆啊！有船啦！’

“你们全都冲了出来。挂着雪白船帆的白船驶到岛边，放下小艇，用力划了过来。他们问说：‘肚子饿了吧？’带来了含有很多牛奶、黄油和砂糖的饼干。嗯，就是这样。大家打起精神运沙吧！”

所有人都忍不住笑了起来。有一个人说：

“老爹，你累趴下了吧？”

“什么话，我怎么会输给年轻人！嘿哟！”

小笠原抱住装着沙子的石油桶，却没抬起来，跌坐在地上，乱蓬蓬的红胡子上沾满了沙子。大家捧腹大笑，笑过之后，疲劳感也消失了，愉快地继续辛苦运沙。

我一马当先，不停地搬运着沙子。到了第五天，我肚子的状况越发恶化，痛得很厉害。我心想休息一下也许会好转，于是离开工作现场，钻进帐篷。但想到大家都在煎熬中坚持工作，我又怎能忍心独自躺下来休息。无奈之下，只能在挂长明灯的圆木上坐了下来。

从这里看着人们运沙的身影，每个人都是病恹恹的，缓慢地移动着。但我心头涌起的感觉，却恍如看到大海的波浪以无穷无尽的强大力量，朝着一个方向缓慢而坚决地前进。二者同是一幕伟大的景象。那就是“力量”。不断向前推进，将遇到的一切打得粉碎，直到达到目标为止的深不可测的力量。运沙的人们全身心地投入堆沙丘这个目标，所有人团结一心，忍受着腹泻、腹痛的折磨，完全依靠顽强的意志力，尽管动作缓慢，却在坚持不懈地前进。这是日本海上勇士的身影，多么了不起的身影啊！我不由得向他们低头致意。

然而，炽热的阳光火辣辣地照射着赤裸的身躯，从病人身上榨出黏汗，白色珊瑚沙反射出的阳光，亮晃晃的十分刺眼。即使在阴凉的帐篷里，我都感到大自然火热的空气从沙子上蒸腾而起，包围了我。不，这不是错觉，是真的好热。火热的空气吹向我的小腹。

我低头一看，不禁有些意外。发出热气的，原来是下面圆木上吊着的长明灯。

虽然只是盏小灯，但也有热度。经过四五天一点点的加温，把灯笼的上方和圆木都烤热了。我的小腹也因此而逐渐温暖，感觉很舒服。就在我想通了这一点时，腹痛竟然不知不觉地消失了。这可是个重大发现，我高兴极了，立刻站起身，来到工作现场。

"肚子痛得厉害的人，快去挂长明灯的圆木上坐一坐。"

有的人不明白我的意思，露出纳闷的表情。但之后肚子痛的人陆续或坐或跨在挂着长明灯的圆木上，用热度温暖腹部来进行治疗。自从光顾过长明灯"医院"后，大家的腹泻都止住了，恢复成原来的强健体魄。不过我们也已经习惯了带着咸味的井水，以及将鱼和海龟作为主食。

瞭望岗

我们从早到晚连续运了八天沙，这番辛劳终于没有白费，到了五月三十日傍晚，在海拔四米的沙地上，堆起了一个四米高的沙丘。

望着海拔八米的沙丘，大家都很满足。这是病人们倾尽全力堆成的山丘。

晚餐时，为了特别犒劳堆沙丘的辛苦，从帐篷的粮库里拿出两个水果罐头。每个人都非常珍惜，一小口一小口地吃着甘甜的水果。

我向实习生和会员提问：

“在大家的辛苦工作下，堆起了一个高于海面二十五英尺的沙丘。如果站在沙丘上的人眼睛的高度是距离地面五英尺，全部加起来就是三十英尺（九点一米）高。那么可以看到几海里外的水平线？”

这个问题很久之前在课堂上教过。

“答案用手指写在沙上。”

大家各自在沙上计算起来。

“秋田实习生，是几海里？”

“约六海里。海面到眼睛的距离以英尺计算，将它开平方得出的数字，就是可见距离的大致海里数。再乘以一点一五，就是更精确的数字。”

“很好。那么，川口会员，距离海面高度为四十英尺（十二点二米）的船帆，离沙丘多远时可以看见？”

“是。四十英尺的话，大约距离七海里就可以看见了。再加上刚才的六海里，距离十三海里就可以看见。”

“很好。大家也都听到了，站在这座沙丘上，可以看到六海里外的水平线。因为船的桅杆和帆很高，在水平线更远的彼方时就可以看见。大家要格外留神观察，夜里要注意船的灯火。一切都仰仗大家了。”

我话音刚落，长明灯朦胧的灯光下，小笠原从在座的人中站了起来，主动请缨。

“船长，今晚就要开始瞭望了，这第一班岗就由老人我来值守。喂，各位，第一个瞭望员是我哟！”

“不行，由我来值。”

“我来。”

两位实习生刚说完，小伙子们也都争着开口了。

“老人已经很累了，这不合适。还是我来站岗。”

“夜里应该由视力好的年轻人来站岗，瞭望就交给水手吧！”

十六个人中有个姓川口、名雷藏的会员，以个子最高、声音最大而闻名。他说：

“我这个高个子最合适，因为看得最远。就这么定了，我来站瞭望岗。”

他的声音正如其名，响亮得如同打雷。

小笠原静静地说：

“你们要听老人家的话，今晚应该由我来站岗。至于原因，船长知道。这几天就由我来值夜班，年轻人白天干体力活，晚上要好好休息。”

小笠原说的没错，夜里的瞭望岗的确需要慎重考虑。独自一人眺望着无垠的黑暗夜海，不知不觉就会思潮起伏，意志也很容易变得软弱。这段时间还是老练的小笠原、水手长，还有经历过多次船难的渔夫小川和杉田比较合适，就由这四人来值夜班吧！我在心里决定之后，说道：

“夜里的瞭望岗按照年龄大小的顺序来安排，今晚由小笠原和水手长轮流站岗。那么，小笠原，这副望远镜就交给你了。”

我取下挂在帐篷柱子上的望远镜，递给小笠原。小笠原接过去挂在脖子上，心满意足地咧着嘴笑，走出帐篷后，又回头冲着大伙儿说：

“大家放心休息吧！”

说完，他挥一挥右手道别，便大步走向沙丘。他的背影就如同古代希腊雕像中的海神像，魁伟而强健。

“今晚大家都累了，现在可以休息了。”

我说完，所有人都站了起来。

收拾完炊具，整理好帐篷，众人躺下来之后，劳动了一天的疲劳，让大家来不及思考什么，立刻就沉入梦乡。

我从仓库的帐篷里拿出一块帆布、一条细绳，带着大副和渔业长巡视了帐篷周围和舢板，然后爬上了沙丘。

如金色镰刀般的细长月亮已升上天空，海面和岸边都闪着令人惆怅的微光。小笠原乱蓬蓬的胡子在风中飘动，迈着安闲而坚定的步伐，在沙丘上四下走动瞭望。他的肚子状况还是不太好，因此令人更觉不忍。

“小笠原，今晚谢谢你的提醒，也谢谢你来站瞭望岗。我很明白你是为了年轻人着想，以后也要有劳你了。”

说着，我拍了拍他的肩膀。

“只有有经验的人才会理解我的用心。听船长这样说，我很高兴。”

他举起右手，指向天空。

“那弯细长的月亮，对年轻人来说是毒药。看着那个月亮，就会突然感到孤独寂寞，被思乡病（怀念故乡到无法自拔的病）给缠上啊！”

“你说得对。不过，夜风也是你的毒药。你的肚子似乎还没好，值夜班的时候，用这个把肚子包上吧。”

我把帆布和细绳递给他。

“你对老人我如此关心……真是太感谢了。”

弯月的映照下，他的眼里如同星星般闪着泪光。

瞭望塔

第二天早晨，东方的天空逐渐发白时，夜里与小笠原换班瞭望的水手长冲进了帐篷。

“船长，发现大量漂流木！”

他说海边漂来了大量的木材。

“把大家叫起来！”

我一说完，水手长立刻大声叫道：

“全体听着，快去捡漂流木！”

“嘿！”

所有人都跳了起来，奔到海边一看，果然遍地漂流木。大大小小的圆木、方材、木板、空木桶等等，在夜间漂流到了这里。这些是我们的龙睡丸号四分五裂后，从搁浅的暗礁处漂流过来的。我们既伤感又怀念，连一块小木片也不放过，全部收集了起来。

其中有两根粗大的圆材，是龙睡丸号的帆桁。没想到有这么好的木材漂流过来，大伙儿不由得喜上眉梢。这两根圆材加上之前作为三角筏龙骨的圆材，一共有了三根长圆材，我们立刻将其全部运到沙丘上，着手在沙丘上再搭建一座瞭望塔。

像粗大圆材这种又重又长的材料，平时在船上很常用，但需要使用大型滑轮、很长的粗绳和各种工具才能移动，而我们现在没有任何工具。不过在这方面，大副和水手长正好是日本顶尖的高手，费了一番心思，花了三天的时间，终于在沙丘上搭起坚固的三角塔。

首先将三根圆材竖立在沙丘上，顶端用结实的绳索绑在一起，然后在下方绑上横木，横木上铺设木板和圆木，就成了瞭望时站立的平台，另外再架设横木作为爬上爬下的台阶。

瞭望塔的高度为四米半，加上沙丘的高度，距离海面的高度为十二米半。值班瞭望的人日夜站在塔顶上，全神贯注地观察以小岛为中心，半径七海里半内的海面，绝不错过经过的船只。

然而，即使从瞭望塔上发现了经过的船只，船上的人又怎能想到，有十六个人生活在无人岛上呢？他们一定会径直驶过。因此一旦发现船只，我们必须立即发出信号。

这种情况下，我们要通过升起烟、冒出火光，发出“这里有人，请救救我们”的信号。这样的信号，全世界任何一个国家的船员都看得懂。

完成瞭望塔后，我们立刻着手准备篝火堆。在塔下的沙丘上选好三个地点，分别堆上鱼骨头、海龟壳、枯草、木片等等，覆上帆布防止被雨淋湿。手边再备一个装着海龟油的石油桶，一旦看到船只，就从长明灯那里取来火种，生起熊熊篝火，浇上油，静等烟和火越烧越旺。

我们毫不懈怠地日夜瞭望，其间飘过的碎云，海鸟飞过的身影，都曾被误当成船只。到了夜里，也时常一看到光就——

“啊，船的灯光！”

一再因为星光而雀跃不已。

我们凝神注视着以岛为中心，方圆几海里内的海面，一日三秋地等待着船只经过。可是，船什么时候会经过呢？一个月后？一年后？还是……但总有一天，一定会有船经过的。

渔网

炊事值日生要准备每天的伙食，这是个很大的工程。要节约柴火，要钓鱼，还要准备十六人份的三餐。

进入六月后，渐渐钓不到鱼，大家有时只能饿着肚子度日。

“真想有张网呀。”

渔业长说。于是我们立刻设计了渔网，大小为长三十六米，高二米。

“编网的线，就用从帆布拆出的丝搓成。绑在网上的浮子，可以拿削好的木头烤过代替。坠子就用漂流木上的大钉子或金属充当，不够的话，还可以用马蹄螺。”

我们迅速动手，分头展开作业。

有人忙着拆帆布，有人把拆出的丝搓成线，有人将木板削成编网用的针，很快准备工作就完成了。四名会员有编网的经验，于是专门负责编网，每天从早忙到晚，花了十四天时间，终于编成了一张结实的渔网。

这可是大家期待已久的网。我们马上把网堆到舢板上，有人负责海上作业，有人负责岸上工作，决定了各自的分工之后，便全体出动去撒网。结果你猜怎样？捕了满满一网的鱼，多到没法处理。我们费了好大一番力气，用长棍子把鱼从网里赶出来。往后我们一直要靠吃鱼维生，因此只捕必要数量的鱼，其余都放回大海。

这样一来，只要有渔网，暂时就有充足的粮食了。不过我们还是约定，不管能捕到多少鱼，也始终只吃八分饱，不养成吃太饱的习惯。因为到了冬天，也许会有连日的暴风雨，而没有鱼的季节到来时，有可能撒网也捕不到鱼，所以现在就要让肚子习惯八分饱，以便到时候适应节约口粮的生活。

炊事值日生还要张罗餐具。我们用黑蝶贝当盘子，马蹄螺当碗，砗磲贝当锅子。

海鸟的季节

岛上的海鸟一天比一天多。

海鸟群集的季节来临了，到后来整个岛上都是海鸟，并且开始产卵。

鸭子大小的大嘴乌鸦、军舰鸟、燕鸥、白头海鸠，还有信天翁等等，在周围两米的地上下了六七十个蛋，岛上的卵石仿佛都被鸟蛋代替了。

狭小的岛屿上，不同种类的海鸟各自聚集在草地或白沙上，绝对不会混在一起。鸟可以从颜色来区分，就像地图上按照国别涂上不同颜色一样。

鸟蛋自然成了我们的粮食。有时候是白煮蛋，有时候往铁锹上滴一点海龟油，放到火上，把铁锹当成煎锅，做加了鱼肉的煎蛋卷。炊事值日生轮流施展厨艺，每天变着花样吃鸟蛋。

观察这群海鸟，是件饶有趣味的事。

军舰鸟自己不捕鱼，当大嘴乌鸦在海上盘旋，辛辛苦苦地捕鱼时，它们就看准大嘴乌鸦把鱼吞下去的瞬间，突然飞过去凶狠地攻击，迫使它把鱼吐出来，然后抢走。

军舰鸟是鸟中的劫匪。

不过，我们有时也跟军舰鸟有样学样。看到吞了一肚子鱼，在海边发呆的大嘴乌鸦，我们就大声吆喝，或是用棍子敲打地面惊吓它们，让它们吐出四五条鱼，再捡起来当鱼饵。

信天翁是种非常贪吃的鸟，哪怕胃和食道都塞满了食物，也要继续吃鱼。有时嘴里垂挂着半条大鱼，一边等着胃里的鱼消化掉。在这种时候，信天翁似乎因为吃太撑而飞不动，那呆呆地浮在海面上的模样，十足就是个呆鸟。

不能疏忽大意的是海鸠，这种鸟动不动就拉屎。海鸠白头，眼睛四周也有一圈白，好像戴着眼镜。黑尾，全身黑褐色。因为它们总是成群飞翔，飞行时，下方就会下起鸟屎雨。有时一走出帐篷外，我们被太阳晒得黝黑的身躯就会沾满海鸠的白色鸟屎。

鸟蛋的数量多得惊人，无论我们如何小心，走路时也总会踩碎几个。等到数万只雏鸟破壳而出时，那真是喧闹极了。每天从天刚亮直到太阳落山，亲鸟嘎嘎咯咯，雏鸟唧唧喳喳，简直吵翻了天。但因为海鸟每天下蛋给我们吃，我们从不欺负鸟儿。

燕鸥的雏鸟羽毛还没长齐，就摇摇晃晃地走起路来。它们啾啾地叫着，群集在海边，焦急地等待亲鸟从海上衔着鱼回来。而从海上飞回来的亲鸟，也总能准确地找到自己的孩子，喂它们鱼吃。我们这些赤裸着身躯晒得像黑炭般的健壮男儿，时常交抱着双臂，专心地看着亲鸟和雏鸟之间的互动。

渔业长说：

“喂，现在知道要感谢父母的恩情了吧！以后你们要加倍爱惜身体，回国后好好孝敬父母。”

鸟会攻击人。这样说虽然有点夸张，但每当傍晚时分，我们结束一天的作业，跳进太平洋这个天然的大澡堂里想要泡个澡时，海鸟就来啄人的脑袋，很危险。被尖锐的鸟喙狠狠啄上一下，那可是够受的。所以在这里泡澡的时候，脚下要当心鲨鱼，头顶还要提防海鸟。

海鸟似乎认为凡是漂在海面上的东西都可以吃。据说有水手在航行途中不慎落海，转眼就遭到信天翁的袭击，不等救援的小船赶到，就被信天翁大大的尖嘴在头顶啄出洞来，甚至还有人被啄死过。

我们不吃海鸟的肉。这样说好像很奢侈，但吃惯了肉质鲜美的海龟，海鸟的肉实在是不堪领教。

海鸟的雏鸟破壳而出后，屁股上还粘着蛋壳，马上就开始练习走路。稍微会走路了，羽毛还没长全，就开始练习飞行，或是在海滨学习游泳。就这样，它们迅速地长大，不久就和亲鸟一起飞离小岛。

于是，岛上的海鸟每天不断减少，不知不觉间又回到了原点，只有几百只鸟在岛上栖息。

海龟牧场

大群海鸟飞离小岛后，没过多久，海龟也来岛上产卵了。

进入七月，海龟逐渐爬上小岛。把捉到的海龟马上吃掉太可惜了，我便对渔业长说：

“现在来研究一下如何饲养绿海龟，为冬天的粮食做准备。”

于是我们抓了五只爬上岛来的绿海龟，放在大水井里饲养。那口井是我们上岛第一天使尽全力挖出的井，一直原样放在那里没动。

如果结果理想，我们就准备挖一个大池子饲养海龟。但第二天一看，五只海龟都死了。一定是因为水里富含石灰质，中毒而死。由此可知，挖池子养海龟是行不通的。

“那么，就来建个海龟牧场吧。”

我们在海边打入木桩，用结实的长绳牢牢绑住绿海龟的脚，再把绳子系在木桩上。

海龟可以在绳索长度的范围内自由游泳，任意进食，不时爬到沙滩上晒晒太阳。我们每天巡视，检查绳索的磨损情况，防止绳索磨断，海龟趁机逃走。此外，海龟脚上的绳子也经常前后脚交换着绑。

我们把海龟按照捉到的顺序，依次系在木桩上。到后来竟然增加到三十多只，又在两个地方设立了海龟大牧场，并规定了“海龟值日生”，负责每天巡视海龟牧场，照顾、监视海龟。海龟从捉到时间比较长的，也就是比较早的开始吃。

海龟开始产卵后，实习生和会员在渔业长的指导下，展开相关的研究。

海龟为了产卵，会在夜里爬上小岛，用后脚小心地挖开沙地。一只绿海龟可以产下九十到一百七十个蛋，然后仔细用沙子盖住，回到大海。一只玳瑁则会生下一百三十到二百五十个蛋。

海龟产完卵后，虽然会用沙子盖好，但它的脚印清楚地留在沙滩上，所以我们很容易就能找到产卵的地点。

海龟产卵的沙地表面，白天阳光充沛，使得沙子里的温度恰到好处，因此蛋可以保持温暖并孵化。三十五天后，自然孵化出只有酒杯大小的海龟宝宝，它们从沙子里四散而出，络绎爬向大海。

绿海龟的蛋很可口，比鸡蛋小一些，圆溜溜的。灰白色的蛋壳很软，里面有蛋黄和蛋白，蛋白无论煮多久都不会凝固。

玳瑁的蛋也很美味，不过它的肉有怪味，不能食用。而且这种海龟比绿海龟更有活力，经常咬人。

绿海龟的身上有暗绿色、暗黄色的斑点，这是它名字的由来。还有一种大小、形状都很相似的海龟，叫红海龟。红海龟的身体是淡红褐色，龟壳是褐色，因此而得名。红海龟的肉也有怪味，不能食用。肉有味道的海龟都是吃鱼的肉食龟，而绿海龟吃海藻，所以肉没有怪味。

我们以鱼和海龟为主食，蛋则是大餐，遗憾的是没有蔬菜。

“真想吃绿色的食物啊。”

每个人心里都这样想。

于是我们仔细调查岛上生长的草，发现共有四种。其中一种叶子嚼起来很辣，挖出根来一嚼，味道很像山葵。

“找到好东西了！”

之后我们便挖掘岛上的山葵，多多地搭配生鱼片吃。不知道是不是心理作用，自从吃了岛上的山葵，腹泻的状况似乎也好多了。

说到肚子的状况，每天光吃鸟蛋和海龟蛋那段时间，十六个人都得了便秘。这可真令人苦恼。很希望有泻药，但我们怎么可能有药呢？到了万般无奈的时候，我们就拿起木碗，从眼前取之不尽的海水里舀上半碗来喝。虽然这很乱来，但喝下之后，肚子就咕咕作响，大便立刻通畅了。这完全是简单粗暴的做法，只会让身体变得衰弱，反复使用的话，更是有损健康。因此我命令炊事值日生在菜单里加入海龟或鱼，不要只吃蛋。

海豹

前面曾经说过，岛屿旁边有一个小小的半岛，岛上生活着一群小型海豹——粗毛海豹。

“谁也不许去海豹的栖息地，不能让海豹害怕人类。以后如果有人生了重病，要用海豹的胆当药，到了冬天，可以把海豹的毛皮做成我们的衣服，万一到最后食物短缺，还可以吃海豹的肉。如果事到临头不能立刻捉到海豹，那就派不上任何用场了。我们一支步枪也没有，到时必须徒手捕捉，所以任何人都不得靠近海豹，以免它们恐惧人类。”

我严厉地告诫大家。

但我们十六个人当中，有一个非常喜爱动物的渔夫，就是国后。他从少年时代起就跟动物很亲近，猫狗自不必说，就连野外的小鸟也能驯养。只要吹声口哨呼唤，小鸟就会停在他的肩上。成为实习渔夫后，他曾经乘渔船前往勘察加半岛，在那里捉到一只海豹宝宝，而且驯养得很好。这座岛上的小海豹也对他十分亲热。

看到眼前的半岛上随时躺着二三十只海豹，热爱动物的他再也按捺不住了。但船长的命令不能违背，忍耐了好几天后，他终于在一个新月如钩的夜晚，带着钓到的鱼当见面礼，一个人偷偷溜出帐篷，靠近了海豹。虽然从没见过人类，穿着毛皮的动物还是立刻和光溜溜的人类成了好朋友。

此后不管是深夜还是清晨，一有空他就去陪伴海豹。他只要摸摸这些海里朋友的脖子或肚子，海豹就会跟他撒娇，甚至很舒服地睡着。

不过，归化人范多以前搭乘海獭船时，也曾饲养过海豹宝宝，他也偷偷和海豹成了好朋友。

一天晚上，国后和范多在海豹半岛上意外地碰上了。

“吓了我一跳，原来是国后啊！”

“我也吃了一惊，是范多啊！”

就这样，两位驯养海豹的高手无法再隐藏和海豹成为朋友的喜悦了。两人把朋友一个、两个地带过去，介绍给海豹认识。当大副知道这件事时，水手和渔夫们大都成了海豹的朋友。

“不得接近海豹。”

这是船长的命令。尽管结果是好的，但接近海豹的确违背了命令。

“要遵守纪律。”

这是岛上的精神。

“和海豹成为好朋友的事，好像终于被大副知道了。”

“怎么办呢——伤脑筋啊……”

海豹的好朋友国后和范多，皱着眉头窃窃私语。

“道歉吧！没有更好的办法了。”

驯海豹的代表国后，诚惶诚恐地走到大副面前，毕恭毕敬地低着头，结结巴巴地说：

“最早违背船长命令，去海豹栖息地的人是我。我做了对不起大家的事——很抱歉。”

从国后垂头丧气的身影，大副看出他有颗诚实的心。

“你可真是出了个难题，以后要严格遵守纪律。这次的事，我会去和船长好好谈谈。”

“是……对不起。那就拜托您了。”

“今后一定要注意。不过，既然和海豹成了朋友，就要一直友好相处喔。”

“是，谢谢您。”

随后，范多也来到大副面前道歉。

流着冷汗道完歉后，国后和范多终于露出轻松的表情，眺望着穿毛皮的朋友所在的海豹半岛。

宝岛探险

做饭用的柴火存量一天天减少，让我颇感不安。用完的话该怎么办呢？用鱼骨头和海龟壳来代替，也是远远不敷使用。

我记得以前看过海图，岛屿的西方还有一个小岛。于是我将这件事告诉了大家，说：

“去那座岛上探险吧！”

一听到探险，所有人都踊跃地表示想去。

因此，我拜托大副和水手长看家，我和渔业长挑选了四名擅长摇橹的船员去探险。准备的物资有：一桶雨水，作为最重要的饮用水；挖井的工具；一小盒宝贝似的火柴；几个罐头，作为应急的粮食；另外还有钓具。我们把这些搬上舢板，六月二十日早晨，确认当天天气晴好后，终于出发了。送行的人和出发的人都真心诚意地互相道别。

乘着小小的舢板，没有海图和罗盘，只有一个大致的方向，我们就这样漫无目的地划向太平洋中央。这种情况下，即使没有罗盘，只要知道正确的时间和太阳的位置，也能计算出大概的方位。然而我们现在连时钟也没有，只能依靠约略的时间和太阳的位置来确定方位，再对照记忆中的海图前进。

目标岛屿是一座低矮的小沙岛，距离三公里以上就看不到。只要方向稍有偏差，就再也找不到小岛了。而我们却要从辽阔无边的水世界中，找出这座细针般的小岛。你可能觉得这也太蛮干了，事实上，这种航海完全依靠思维能力和胆量，是最难的航海术。不过，我们这些海上经验丰富、胆量过人的日本船员出发探险时,都抱着坚定的信念,不论发生任何事,我们一定要找到小岛。

我们摇着橹，逆着海流朝认为的西方前进。划了两小时后，我们从龙睡丸号遇难的礁石旁经过，继续向前划行。这以后的前方，只有无边无际的海水和天空。舢板迎着逆流的潮水，如同游泳般行进。然而，完全看不到小岛。

过了龙睡丸号遇难的礁石，又划了三个小时左右，太阳到了头顶上方，已经是正午了。又过了两个小时，到了下午两点，依然看不到岛的影子。

我们都凝视着前方的水平线，全身的神经仿佛都集中到了眼睛上，全神贯注地观察着。

“照说应该能看到了啊。”

谁也不说这种没出息的话，每个人都透着一定能找到小岛的神色，表现得沉着冷静。他们是多么值得信赖啊！为了宽慰大家，我说：

“如果天色晚了，我们今晚就留在找到的岛上，明天再回去。”

渔业长说：

“现在还看不到小岛，没准得划上一个通宵。”

一名水手说：

“划到明天早晨，应该可以看到岛了吧！”

这些人似乎打算朝西方划上一整夜，真是当之无愧的海上男儿。不过在大洋的中央，一旦太阳落山就麻烦了，不但找不到新的小岛，只怕连自己的岛也回不去。

但是，太阳落山后，星星会出现。北极星位于正北方，因此看到北极星，就可以确认方向。

我站起身，环视四周，依然只看到一圈水平线，没发现任何看似小岛的物体。

我们继续划船，最后到了下午三点左右。

“看到了！”

会员川口用惊人的音量大喊一声。

在他指向的水平线上，果然有一个针尖大小的黑点。那的确是座小岛，太好了。从这里就能看到，说明小岛已是我们的囊中物了。川口个子最高，所以最早发现了小岛。

划到近前时发现，小岛比我们所住的岛屿约摸大上两倍，低矮的小岛上，杂草藤蔓丛生，没有一棵树，却有很多海鸟。

上岛一看，我们吃了一惊。岛上有大量的漂流木，整个海岸边全是冲上来的木头，还有绿海龟在其间发呆。

“这是个好岛。”

“宝物之岛啊！”

“好，就叫它宝岛吧！”

我给这个岛起名为宝岛。宝岛看来刚形成不久，表面的沙和土很少。

我们立刻动手挖井，但地面是坚硬的珊瑚质，不可能出清水，而且海水像河流般穿过小岛。于是我们放弃了挖井，把漂流木和海龟搬上舢板。

让渔业长高兴的是，这里有丰富的鱼群。他眨眼间就钓上了六七条大鱼，用漂流木生起篝火来烤，准备作为晚饭。

漂流木大多是船材，包括年代久远的日本船破碎的杉木、西洋帆船的粗大桅杆，我们今后两年的柴火都有着落了。这座小岛简直是柴火和海龟的仓库。

检视漂流木时，发现其中有一块包着薄铜板的船底板。这可是个好东西，立刻送到舢板上。

趁太阳还没落山，我们匆匆勘查了一下小岛，回来鱼也烤好了，于是用了晚饭。此时距离日落还有约一小时，如果立刻出发，有望在深夜回到我们的岛上。我站起身说道：

“好了，我们赶快回去，让大伙也高兴高兴。”

“对，出发吧，现在是顺潮喔。”

顺潮就是潮水顺着船前进的方向流动。赶上顺潮，船会被潮水推着走，速度也会因此加快。

“加油划吧！”

满载着六只硕大的绿海龟和柴火，吃水很深的舢板朝着东方踏上归程。虽然很疲乏，但发现宝岛让我们精神抖擞，奋勇摇橹前进。

黄昏时分，太阳沉入水平线后，西方天空的浮云呈现出美丽的柠檬黄，然后变成砖红色，不久又成了红色，渐渐化为铁锈色的暮霭。西方的天空和水平线都变黑后，星星在镜面般的海上映出蓝色和红色的光影。北极星在临近水平线的低空闪着光芒，我们据此确定了东边的方位，继续向前划行。我们必须依靠这颗星星，在夜间的海上寻找我们的小岛。

同一时间，留在岛上的众人开始担心了。暮色已经降临，探险船还没有回来。船上没有海图和罗盘，虽然觉得“没关系，一定回得来”，但只要方向稍有偏差，就可能会错过这座岛，那一来就糟不可言了。但就算如此，应该也已经找到了西边的岛屿了吧？他们有的爬上瞭望的沙丘，有的爬上瞭望塔，还有的站在海滨，担忧地凝视着星空下漆黑的水平线，希望能看到什么。

然而，探险船始终没有回来的迹象。时间在不断地流逝。

“生火！”

大副下令。所有人都紧张起来，纷纷奔上沙丘，迅速生起熊熊篝火。

篝火连续烧了两小时、三小时，柴火全部烧光了，海龟壳、鱼骨头、枯草、油也通通拿来烧。爬上瞭望塔的人、站在海滨的人都透过黑暗，凝视着漆黑如墨的大海。船很快就会回来吗？请一定要回来啊！他们在心里祈祷着，全心全意地注目遥望……

另一方面，我们的舢板在前方的水平线上发现了微弱的火光。

“岛上生了火！”

“大伙儿在等着我们呢！”

“带回去的礼物，准能让他们大吃一惊！”

看到岛上用珍贵的柴火烧起篝火，摇橹的手自然而然地加了力道。再加上是顺潮，更是船行如飞。我们将船头对准火光的方向，继续用力划船。

在岛上众人的担忧中，时间来到晚上十点多。

“哦哦，是舢板！”

一名站在海滨的渔夫大喊一声，跳了起来。

“喂——！”

留在岛上的人同声呼喊。

“喂——！”

从海上隐约传来回应。

接着又传来：

“嗨哟、嘿哟、嗨哟嘿……”

配合着摇橹节奏的吆喝声，渐渐从远方变得清晰。

船回来了，于是大伙将篝火移到海边。迎着篝火明亮的火光，舢板满载着堆成小山的礼物，平安归来了。

“你们回来啦。结果怎样？”

“我们找到了宝岛。”

“真的耶，六只大海龟！”

“满船的漂流木！”

“太惊人了！”

看家的同伴们把海龟、漂流木卸到海边，再把舢板拖到沙滩上。刚才的担心早已烟消云散，人人兴高采烈。大家围坐在篝火旁，着迷地倾听着宝岛的一切。

“啊，夜已经深了。辛苦了，大家休息吧！”

探险平安结束，所有人都意气风发。我望着满天闪烁的星星，站起身来。

探险的第二天，六月二十一日。早餐后，我们决定将昨天探险发现的小岛命名为“宝岛”，现在居住的岛则叫作“本部岛”。

随后，我们又讨论了从宝岛运柴火和海龟过来的事宜。

用舢板在宝岛和本部岛之间通航，必须对天气有充分的把握，在海面风平浪静时才能出发。进入十月后，海上波浪汹涌，无法通航，所以必须在那之前，尽可能地将大量漂流木和海龟运到本部岛，以备过冬之用。

因此，眼下先派六人乘舢板前往宝岛，载满漂流木和海龟后，由三人将舢板划回，另外三人留在岛上，收集漂流木，捕捉海龟设立牧场，等待下一班船。本部岛再派三人乘下一班船出航，与岛上的三人换班，留在宝岛上。宝岛上要始终保持三人驻守。

饮用水盛在油桶里，从本部岛运送过去，宝岛上也要设法收集、储存从帐篷屋顶流下的雨水。宝岛上的食物以钓鱼为主，海龟的存量保持在十只左右，只在万一钓不到鱼时食用，其余的全部送到本部岛。

此外，要仔细勘察宝岛，发现任何稀奇的事物，不论多么不起眼，都务必要向本部岛报告。

舢板要在一大早天没亮时就出发，只在白天航海，不在夜间出航，也绝不勉强出航。即使已经出发了，只要天气转坏，就要即刻折返，耐心等待天气好转。

在宝岛上最重要的工作，就是监看经过的船只。宝岛上有很多漂流木，所以一到岛上，就要立刻搭建高高的瞭望塔。站在塔上，一个人就可以瞭望四周的海面。由于岛上有大量柴火，作为信号的篝火堆也可以很快完成。接下来，只要制作一盏长明灯，以便随时可以取得火种就好。

我们将这些事项一一详细议定。

此外，又决定了水手长以下前往宝岛的人员。我们把饮用水装进油桶里，准备了制作帐篷的帆布、绳索、长明灯用的油、钓具、十个应急的罐头，一小盒火柴装在空罐头盒里，用雨衣布包裹严实。一切准备齐全后，只等明天天气晴朗，就可以出发了。

无人岛教室

昨天从宝岛带回来的漂流木当中，有一块包着铜板的船底板，今天的工作就是把铜板拆下来。

小心地把薄铜板上的钉子拔出、取下，得到两张明信片大小的铜板共六片。又从漂流木中挑出厚实的木板，将铜板用钉子钉在木板上，把铁钉磨尖当笔，在铜板上写下：

> 珀尔－赫米斯环礁，龙睡丸号遇难，全体十六人生还，请求救援。明治三十二年六月二十一日。

我用日文写好，又让归化人范多用英文写下同样的意思。我们要将这铜板信（漂流信）投入大海。

大家划着舢板来到海上，将它们放入大海漂流。

“铜板信啊，快快漂到某个地方，被人捡起来吧！拜托了——

你可是承载了十六个人衷心的期盼啊……"

目送着铜板信一片一片地投到海中，我们在舢板上默默地祈祷着。

然而，为我们投递这些漂流信的，是海流邮差。会在什么时候，送到什么地方呢？放流的地方在太平洋的中央，不论是去横滨，还是去美国的旧金山，都有大约五千公里。但只要海水相连，总有一天会漂流到某处的。风也会帮我们吹送吧！漂流信上寄托着大家殷切的希望。

铜板信是在中午时分投入大海的。下午的教学时间里，我讲解了一个问题："为什么要在船底包上铜板呢？"

陆地上的人很少注意的船底——也就是船浸在海水中的部分——会附着海藻或贝类。它们渐渐生长，直到覆盖了整个船底，看不到船底板，就像地上长满杂草或苔藓后，看不到地面一样。这一来，原本光滑的船底板就变得异常粗糙，而不平滑的话，船的速度就快不起来。帆船遇到这种情况会很棘手，即使是轮船，如果不烧大量的煤，也无法像船底平滑时那样行驶。

如果是木船的话，还有一种叫作船蛆的虫子啃食船底的木板，在木板上钻出小洞，住在里面。整个船底都被钻得千疮百孔，就像蜂窝或是海绵。这是很可怕的事，不仅海水会渗入船中，当暴风雨来临，船与惊涛骇浪搏斗时，甚至会因为被虫啃坏了船底而沉没。过去西方军舰都是木船的时代，人们常说：

“船蛆比敌人的炮弹更可怕。”

那么，该如何防止船蛆的入侵呢？从远古时代开始的漫长时间里，乘木船的人们为这个问题绞尽了脑汁。两千年前的西方，人们在木船底部包上薄铅板，这样一来，虫子是无法钻洞了，但却不能防止海藻和贝类的附着。后来英国海军停止了在军舰底部包铅板的做法，因为包上铅板后，铁钉、船舵这些金属会严重腐蚀、朽坏。

到了距今一百八十年前，英国在一艘木造军舰上尝试以铜板包覆船底，经过一段时日后，船速丝毫没有下降。这真是完美的结果，让英国人欢欣鼓舞。从此以后，所有木船都用薄铜板包覆船底。今天除了铜以外，也用黄铜来包覆。

虫无法在铜板上钻洞，而海藻和贝类依然可以吸附、生长。但铜会和海水发生化学反应，在铜板表面形成硫酸铜或碳酸铜这种类似疮痂的物质。这种疮痂会逐渐扩大，船行驶时，水冲击船底的力量就会将疮痂干脆剥落，生长在疮痂表面的海藻、贝类也就随之脱落，露出崭新光滑的铜板表面，因此船的速度不会下降。现在各国都已制定了规范，要求木船的底部必须包覆铜板或黄铜板。

“关于船蛆的知识，由渔业长为你们介绍，你们要仔细听。有什么问题吗？”

浅野实习生站起来问道：

“不能用铁板包覆木船的船底吗？”

“也可以，不过会增加船的重量。铁板能防止船蛆入侵，但海藻、贝类仍会大量吸附，而且不像铜板可以自然剥落，所以铁船、钢船对船蛆也很伤脑筋，必须不时地开到造船厂的船坞里，把船底附着的生物清除干净，然后涂上使铁不生锈的油漆和防止海藻、贝类附着的特殊油漆。铁船和钢船的船底为红色，就是因为涂了这种油漆。”

秋田实习生也问：

“没有可以涂在木船船底，防止船蛆入侵和海藻吸附的油漆吗？”

“即使是涂在铁船、钢船船底的油漆，也无法完全防止海藻和贝类附着。涂在木头上或渗入木板中，就能完全防御船蛆、海藻等的油漆或药物，全世界都还没发明出来。怎样，你们要不要努力学习，尝试发明看看？”

“是——我会努力的。”

会员川口问：

“还有什么材料可以包覆木船的船底吗？”

“也有人用木板包覆，换句话说，就是包两层船底板。这样外层的木板会被虫钻洞，但不会钻到内层的木板。不过，船必须时常更换外层的木板。”

接下来，由渔业长介绍关于船蛆的知识。

“船蛆是统称，其实它的种类很多，大致分为三种来说明吧！

“第一种专吃海里的木材或木制船底，在里面钻洞，叫作木蠹虫。它长约三四毫米，形状像潮虫。

“还有一种外形和木蠹虫类似，但稍微大一点，叫拟木蠹虫，长约六毫米。这两种蠹虫都有很多种类，从寒带海洋到热带海洋，全世界的海域都有分布。它们聚集在木头或木板上，钻出洞住在里面，把坚硬的木头蛀得像海绵一样，就像是海中的白蚁，是一种害虫。

“第三种是凿船虫，这是一种类似蚯蚓的长虫，一开始只是小虫，附着在木头或木板的表面，钻了洞住进去。随着它渐渐长大、变长，洞也钻得又深又大，最后可能达到三十厘米，甚至更长。

“现在只要在木船的船底包覆薄铜板，就可以防止这些虫子入侵。但在没有包覆铜板的木船船底，它们还是会钻出深深的洞，就像没有出口的隧道一般。当整个船底被钻得如同藕的切面一般，任何船只都无法承受。对于木船来说，这种虫真的很可怕。

“此外，附着在船底的海藻有石莼、紫菜等，种类繁多。贝类有牡蛎、龟足、茗荷、藤壶等等，通常附着最多的是藤壶。藤壶是一种形似富士山的贝类，大的可以长到直径五厘米，高五厘米。这种贝类会附着在整个船底，即使里面的虫子死了，壳也依旧吸附着。有时小鱼、小蟹会钻进空壳，在船的运送下，旅行到遥远的地方，因此大西洋的鱼也会来到太平洋。

“很久以前，西方人说过：

“‘藤壶是阻碍船只行驶的妖魔。’

“因为就像船长说的，这种贝类大量附着在船底，船就快不起来了。”

帐篷里，光溜溜的学生坐在圆木上，专注地听讲，老师也以空箱为椅子，光溜溜地坐着讲课。在没有课桌，没有黑板，也没有纸和铅笔的无人岛教室里，课程就这样进行着。

制盐

为了给食物调味，也为了保存鱼肉，我们很希望有盐。不管是做饭的人，还是吃饭的人，心里都想着：

“要是能做盐烤鱼多好啊——”

这并不是做不到的事情。

“我们来制盐吧！”

“要怎么做呢？”

于是大家一起开动脑筋。

第一种是日晒制盐法。这种方法是将海水洒在太阳直射的沙滩上，让海水中的水分蒸发，从而得到食盐。但岛上的沙子是白珊瑚的碎末，洁白晶莹，虽然反射的阳光耀花人眼，但白天光着脚走在沙上，脚底下也不烫，因为白色的沙子不吸热。在这样的沙滩上洒海水，即使被太阳晒干了，也很难获得食盐。于是我们决定：

“这次从发现的宝岛上运回了不少柴火，就用它来煮海水制盐吧！”

我们想了各种办法，用珊瑚块砌了一个倾斜的长条形大炉灶。把狭长的炉灶靠里头那端加高，末端安上烟囱。在长条形炉灶的上方，放上一排盛着海水的石油桶，在灶口处生起火后，最里头也能充分烧到。

从宝岛运回来的柴火堆成了小山，烧了整整一天。然而，尽管珍贵的柴火烧得很猛，制成的盐却并不多。

“这样是不顶用的。——怎么办呢？”

我召集大家一起商议，渔业长想出了一个好办法。

“收集大个的海绵，浇上海水，在太阳下晒干，然后再浇海水。这样反复多次后，海绵里的汁就会含有高浓度的盐分，只要将汁挤出来熬煮就行了。”

“这个主意太棒了！”

“新发明啊！”

“那么今天的任务就是收集海绵。”

海里生活着乌黑的大海绵，我们采来许多，挖出海滨的沙子，把它们埋起来，过上一段时间，海绵虫就会死掉。

与此同时，把伙房炉灶的灰拨到一起，放进桶里，再倒入井水，就成了黄色的碱水。将在沙子里埋了两天的海绵挖出来，在阳光下暴晒，然后用碱水仔细清洗，就变成了美丽的橘黄色海绵。

把大量的洁净海绵排在沙滩上，浇上海水，到半干时再次浇上海水，如此重复多次后，海绵里就含有浓厚的盐分。

把海绵放在石油桶的海水中，细细揉搓，挤出汁水，然后煮那桶海水，只要少许柴火，就得到了相当多的盐。虽然因为技术还不熟练，提取出的盐灰扑扑的，杂质也多，但完全可以用来调味了。

炊事值日生马上用这盐烤了一尾活蹦乱跳的鱼，大家都快活极了。

“哎呀，怎么会有这么好吃的鱼。”

“也可以做咸鱼了。”

“这样一来，盐也有了。你们再多想几个好主意吧！”

我说。

我们又增加了一名制盐值日生，在不断的实践过程中，终于制出了大粒洁白的结晶盐。

之后，由于需要用到柴火的关系，制盐场移到了宝岛。

把帐篷改建成茅草屋

一天，渔业长提议说：

“制作渔网用掉了相当多的帆布，往后编网的材料也只有帆布可用。如果有人生了重病或是受伤，也要用帆布做吊床。到了冬天，还要作为瞭望值日生的外套。帆布还有其他很多用途，是很珍贵的物资，用来搭帐篷太可惜了。像这样罩在帐篷上，过个一年就会破了。再过两年，更是会破烂不堪。幸好宝岛的漂流木当中，有木材、长木板、船舱出入口的门等等，本部岛和宝岛上也都长有大量杂草，不如拆掉帐篷，改成茅草屋，你们觉得怎样？”

我们一致赞成，觉得这是个好主意。十六个人当中，很多都出生在渔村、农村的茅草屋顶下，对茅草屋尤其觉得亲切。我们在宝岛上收集了木材，割下长长的草叶，把本部岛和宝岛的小屋改建成了茅草屋。

水手长开动脑筋，用结实的木质骨架作为柱子和屋顶，在屋顶铺上厚厚一层草。晚上睡觉时，四面围上帆布挡风，白天再卷起来。下雨时，把挡风用的帆布向四周拉开，承接屋顶流下来的雨水，储存在石油桶里。我们还用草根在茅草屋顶的中央编成大大的“水”字花纹，祈祷能尽量多储存一些宝贵的雨水。

因为不时会下雨，我们把积存的雨水和井水混合着喝。

草对我们很重要。我们会尽力保护草根，让草茂盛生长。

用茅草铺屋顶后，我们从中得到启发，把两座岛上的长草叶用小折刀割下，在太阳下晒干，做成类似马吃的那种干草。这是为过冬做准备。

我们把干草编成草席、坐垫，铺在茅草屋里，还用它做了寝具、短蓑衣和茅草屋的风挡。

大致来说，帆船的水手都是手工高手。

在船上的时候，他们会把旧绳索拆成长纤维，用它当线，编织成地垫、草席等。此外，他们也很擅长编织各种形状的防摩擦装置，垫在船帆或粗绳容易摩擦的地方。

在岛上每逢休息时间，大家总是一边聊天，一边不停地编着干草，制作出漂亮的坐垫、提篮等等。

就连捆扎柴火的绳子，也是大伙儿做的草绳。

此外，我在考虑冬天到来后，用鸟的羽毛来代替棉花。

龙宫的花园

离岛稍远的海上，海水非常深。如果将海的深度与山的高度相比，通常总是海的深度更胜一筹。把世界最高的山沉入世界最深的海中，山应该会完全看不见顶吧！

从山脚下仰望世界第一的高山，景色异常壮美。相反的，乘热气球从高空俯视山峰，也会感受到另一种雄伟和美丽。

我们居住的空气世界里最高的山，可以从空中俯视，鱼居住的水世界里的山，我们也同样可以从高处俯视。

在天气晴朗、风平浪静的日子，划着舢板到离岛稍远的海上往下望，海面就是水世界的高空，小岛则是高耸入云的山顶。从山顶急剧倾斜的万丈深谷，一直延伸到黑暗不能见物的海底。而舢板就是飘浮在水世界天空的热气球。

白天阳光直射海面，可以看到相当深的地方。从小岛延伸向深海谷底的斜坡上，有一片海藻林，鱼群在林间游来游去。靠近山顶的地方，也就是浅海处，这里是花草地带，最美丽也最有趣。美丽的海藻和珊瑚遍地都是，生长繁茂。不论海藻还是珊瑚，都有蓝、绿、褐、黄、紫、红等绚丽色彩，形状也多种多样，有的是枝条的组合，有的只有叶子，有的则像群聚的果实或卷心菜。只要想象陆地上大大小小、各种各样的仙人掌放大许多倍后，密密麻麻堆叠在一起的模样，就可以得其仿佛。

不过，它们颜色之美丽，种类之繁多，实非语言可以形容。若要打比方的话，就像破晓时分，数千朵牵牛花层层叠叠地盛开。陆地上的花园再争奇斗艳，也无法与之相比。大型海葵宛如美丽绽放的大朵菊花，海莓则和鲜红的大草莓一模一样，简直就像童话故事里龙宫乙姬公主[1]的花园。

美丽的珊瑚石、菊目石、海参石、仙人掌石、黑珊瑚、宽壳全海笋、日本海齿花、海鳃等都有着五彩缤纷的花纹，而在其间游进游出、悠然自得的，是色彩更加绚丽的鱼群。

这些鱼儿色彩之美，形状之新奇，更胜珊瑚和海藻。都说陆地上最美的动物是蝴蝶和鸟儿，但生活在这珊瑚礁上的鱼儿，像蝴蝶鱼、雀鲷、隆头鱼等的美丽，真不是我能描绘的。它们拥有比珊瑚、海藻更艳丽的色彩，深红、鲜红、桃红、黄、橙、褐、蓝、绿、藏青、深蓝、淡蓝、黑等，就像刚刷完油漆般闪闪发光。此外，这些色彩的组合也很有趣，从段染、粗竖条纹、横条纹到完

①出自日本古代传说故事《浦岛太郎》。

全想象不到的配色，应有尽有，而且形状大多也很稀奇。它们摆动着长长的尾巴或奇形怪状的鱼鳍，悠闲地游弋着，恰如陆地上的蝴蝶、美丽的鸟群在烂漫盛开的花丛间飞舞。

就在美到极处的鱼儿看得我们心醉神迷时，那绚丽的色彩却倏地一变。原来它们只要受到惊吓，就会改变颜色。紧接着，大鱼轻快地游了过来，而这群大鱼旋又如箭般仓皇而遁，一群鱼雷般的巨大鲨鱼神气活现地来了。长着奇特脑袋的双髻鲨，正从这里通过。对这群鲨鱼可不能掉以轻心，它们有时会袭击类似舢板的小船。

海中的这番景象，在天气晴朗时，可以透视到约四十米的深度。因为海水清澈干净，二十米的深度看起来也只有五米左右。

太阳一直向西方沉落，夕阳给小岛降下了红色的帷幕，海面也变得通红。不久，天空、岛屿和海都隐没在夜色中。当星光开始映照在海面上时，那些游弋的鱼群都不知去了何方。龙宫的花园里，炫耀着土耳其玉蓝鳞片的小鱼也消失了踪影，生长在海藻林中的海鳃、海仙人掌则闪出了光芒。海中出现数千、数万点萤火虫般的亮光，上下左右地摇曳着。是天空的星星映出的光影吗？不，不是，是成群的夜光虫。

发光的鱼群像是在夸耀自己闪亮的衣裳一般，在无数光点中游来游去。这番景象有多么美不胜收，实在很难用语言形容。而且俯视海中闪闪发光的夜光虫，那数量比仰望空气世界时的星星还要繁多。

我们在轮值钓鱼时，划出舢板就能观看这片水世界。龙宫花园的美景、鱼类的绚丽色彩和有趣的习性，都带给我们无限的喜悦。越是观察、越是思考，越觉得很多事情不可思议，而在一点一滴的研究过程中，又感受到无可言喻的乐趣。

经由渔业长的说明，接受实物教育和研究指导，让大家获益匪浅。渔业长和他的助手小笠原老人，把这片美丽的珊瑚礁海域称为我们的标本室。这两个人似乎把太平洋当成了自己的领地，至少，他们认定本部岛和宝岛附近的海域是属于他们的。

这里钓到的鱼种类繁多，有裸狐鲣、鲣鱼、梭子鱼、鲯鳅、赤松鲷、白鲷、平鲣、脂眼凹肩鲹，偶尔还会钓到长两米、粗如人腿的海蛇，或是尾巴上有毒针的赤魟。鲨鱼虽然有很多，但却钓不到。

贝类如同沙砾般被冲到海滩上，数百种不知名的贝类，比大博物馆的标本室品种还要丰富。我们也吃贝类，海胆、马蹄螺和珍珠贝都常吃。

岛上的海滩是由白珊瑚的粉末形成，雪白的细沙在阳光直射下，像白银般闪闪发亮。

海滩上有大大小小、五颜六色的螃蟹。在珊瑚块后面的是绿色螃蟹，它会像鲸鱼喷水一样喷出水来。还有会在寂静的夜里咕咕咕鸣叫的螃蟹。体型最大的一种螃蟹，会趁天黑后鸟的眼睛看不见时，用拔钉钳子般的大螯夹住燕鸥的雏鸟，运回自己的洞穴。这种螃蟹就跟土匪没两样。

也许有人会觉得，我们待在无人岛的这段时间，一定很寂寞、很无聊吧！其实没有这回事。

就连天空的浮云，也在想尽办法安慰我们。每一个晨昏，云朵在阳光的映照下，不断展现出美丽的色彩。其中积雨云尤其有趣，让人百看不厌。

云山会变幻成各种形状，时而是妙义山①，时而是金刚山②，转眼又化为不倒翁或大佛。有时云彩宛如一大片墨黑的牡丹花，眼看着横向扩展开来，然后像奔跑的士兵般，朝着小岛前进。海上的方向率先下起了雨，垂下淡墨色的雨幕。雨幕随风飘向小岛，给我们带来上好的饮用水。

我们就是这样亲近大自然，将周遭的一切都当作好朋友。

对事物的感受如何，完全取决于心态。在这被无垠大海和高远天空包围的微粒般小岛上，生活得是愉快还是寂寞，同样全在一念之间。

救援船不知何时才会到来，依然殷切期待着的十六个人；也许等上几年才有船只经过，依然日日耐心守望的十六个人。如果当中哪怕有一个人软弱怯懦，会演变成怎样的状况呢？

软弱的人会得上睡不着觉的病。夜深人静的时候，仰望天空，凝视着银河流动的微光，看到一颗、两颗星星拖着长长的尾巴划

---

①位于群马县，为日本三大奇胜之一，标高一一〇三米。

②位于奈良县与大阪府境内，标高一一二五米，是金刚山脉的主峰。

过夜空，就会想：

“啊，那颗星星飞向了日本的方向——那里是日本啊……”

想到这里，哗啦、哗啦涌向身边的涛声，也让人心中顿生凄凉。悄然而来的凉风，吹得茅草屋的挡风帆布飘摇不已，更是平添了几缕哀愁。看到月亮，同样会想起故乡。细一思量，等待已久的帆船，迟迟不见踪影，不由得意气消沉，终于染上了病。甚至还听说有漂流者打心底诅咒辽阔高远的天空和蔚蓝的大海。

无所事事、四处闲逛是大忌。因此我们每天的各项作业，都由各人按顺序轮流值日。从瞭望值日生到炊事、收集柴火、劈柴、钓鱼、海龟牧场值日生，还有制盐、打扫整理宿舍、长明灯、杂务，除了这些工作，临时性的作业也很多。自从发现宝岛后，又多了划舢板去宝岛的值日生，在宝岛上也设立了各种值日生。

这些作业，无论哪一项都是我们为了生存必须要做的事情。每个人都热心地忙于自己的工作。

令我感动的是，我的部下都清楚地明白一个道理：

“一个人做的事，关系到全体十六个人。十六个人是一个人，一个人是十六个人。”

因此，他们始终毫不懈怠地磨练意志。

学习用品

渐渐习惯岛上生活后，我们开始有了空闲的时间。于是从六月中旬起，每隔一天的上午、下午加入讲课时间。

我和大副负责为实习生、会员以及年轻的水手、渔夫讲授船只运用术和航海术，渔业长负责渔业、水产的讲课与实习。此外，我还是数学和作文老师。

学习用品让我们费了一番心思。我们用三把铁锹当石板，海胆刺作石笔。岛上的海胆很大，海胆刺就像栗子外壳上的刺球一般，一根有大人的小指头粗。起初是红色，经过太阳暴晒后变得雪白，完全可以当石笔来用。我们就用它在铁锹石板上写简短的文字、做计算。

习字是把木头削成细棍当笔，在沙子上书写。

我让两名实习生教三名归化人汉字，归化人教实习生和会员英语会话和写作。

这样，当因某些原因工作不多时，当天就像在学校上学一样。我每周向所有人做一次精神训话。

“我想要墨水。”我说。

水手长将长明灯积下的油烟收集起来，混在大米煮的粥里，做出了类似墨水的液体，又用海鸟的粗壮羽毛制成漂亮的羽毛笔。不过，墨水还是写不了字。

渔业长把脂眼凹肩鲹的皮熬煮成胶，掺在水手长的墨水里，终于做出了好用的墨水。这种墨水防水，用它在帆布上写字，即使浸在海水里也不会消失。

于是我们将帆布贴在救生圈上，用墨水在帆布上写下：

珀尔－赫米斯环礁，龙睡丸号遇难，全体十六人生还，请求救援。

先用日文写，再将同样的意思写成英文，然后用舢板载到海上。为了引人注目，还在救生圈上立了面帆布小旗。

“我们的黑潮啊，把它送到日本吧！——救生圈啊，被路过的船只捞起来吧！”

在心中祈祷着，我们将救生圈投入大海。

“墨水啊，不管经历多少年的风吹浪打，也不要消失。——文字啊，请永远保持清晰，直到有人读到……”

十六个人都对这只救生圈和墨水寄予了厚望。

因为制成了墨水，我开始在帆布上写日记，写在女人腰带般的长帆布上。过上几年，就会攒成一大卷。此外，我还把课本写在一卷帆布上，供归化人阅读。

一天工作结束，到了傍晚时分，所有人都做起了运动。相扑、拔河、推棍、游泳、绕岛跑上几圈，然后洗个海水澡、吃晚饭。每天都按照这样的顺序，生活得很有规律。

在有月亮的晚上，入夜以后也会玩相扑。我们还做了一个有模有样的相扑台。

晚餐后也流行唱歌、朗诵汉诗。归化人教大家英文歌、水手起锚时合唱的歌，同时也学习朗诵汉诗。

终于到了就寝时间，一天的劳累让大伙儿酣然入睡，根本无暇去动软弱怯懦的心思。

即使大家都沉沉睡去了，瞭望值日生依然站在瞭望塔上，毫不疏忽地监看四周，注意是否有船经过。瞭望值日生在晚上十点前由青年组担任，十点后到天亮换成老年组，白天则由所有人轮流值守。

茶话会

对我们十六个人来说，雨水是宝贵的恩赐。因为这是上天配给我们的大量蒸馏水，也是生命之水。

下雨的日子，每个人都心花怒放，笑容满面。不只是因为可以储存雨水，还有其他的原因。

这是因为每当下雨的日子，下午我们会在小屋里举行茶话会。茶话会那天，会用雨水煮难得一尝的米汤，用空罐头盒或马蹄螺盛出来当点心。这是岛上最豪华的盛宴，大家都忍不住咂着嘴赞叹：

“啊，真好吃。米汤原来是这么美味吗——”

“好吃得舌头都快融化啦！”

雨天的茶话会总是欢乐又热闹，而表演的余兴节目有时让我们佩服，有时又让我们捧腹大笑。笑声和拍手声震动了太平洋的空气，在波浪上回荡，甚至还惊动了海豹半岛上的海豹。海豹们呼应着人类朋友的喧闹，一齐吼叫起来。

茶话会上的话题，都是对青年们有助益的事，也很适合我们无人岛。其中以海上经历居多。

小笠原老人经常给大家讲故事。他在海上生活了四十四年，而且在十六个人当中，他年纪最大，在海上生活最久。他曾经乘着帆船追逐鲸鱼，从太平洋的一角航行到另一角，还曾开玩笑说：

“咱是太平洋的主人。”

他很爱说笑，总是连说带比画，不仅说得绘声绘色，日语也很流利。

在第一次茶话会上，小笠原老人讲述了这样的见闻。

大伙儿都叫我老人，其实我才五十五岁。只是我这把乱蓬蓬的胡子和圆滚滚的身材，看起来像个老人吧！

我祖父出生在美国捕鲸的发源地，大西洋沿岸的北方小岛——楠塔基特岛。祖父、父亲和我，代代都是捕鲸人。祖父拥有一艘一百一十五吨的捕鲸帆船，叫作卡莉鲸与安妮号，他是船长。

祖父年轻时，一八二〇年（江户时代的文政三年）在太平洋的日本沿岸、金华山海域，他的捕鲸船发现了大群的抹香鲸。

那一片海面上全是大鲸鱼，数千只一起呼吸、喷水。从发现抹香鲸群的第二年开始，当时世界上捕鲸业最繁盛的美国，全国的捕鲸船都集中到了金华山海域，大肆捕杀鲸鱼。据说最后各国大大小小七百多艘捕鲸帆船，也都云集在金华山海域，整个太平洋的鲸鱼为之绝迹。

一八二三年，那艘美国捕鲸船发现了小笠原岛的母岛。小笠原岛有一个天然良港，全年没有寒冬，还有干净的饮用水涌出。岛上林木繁茂，柴火要多少有多少，附近又有很多鲸鱼。当时那里还是无人岛，上岸的船员只是搭了帐篷临时休息，后来有几名捕鲸人盖起了坚固的房子，在岛上定居下来。

我父亲在小笠原岛也有栋房子，一八四五年（弘化二年），我就在这座岛上出生，取名弗罗里斯特·威廉。

那时，捕鲸船上都把小笠原岛叫作“波宁岛”，听说是因为有人问日本官吏：

“那座岛叫什么名字？”

对方答说：

“那是无人岛（bunintou）。”

他们把“无人”听成了“布宁”，最后就变成了“波宁岛”。

我四岁那年的一月，有人在美国旧金山的偏僻地区发现了泉涌而出的砂金。于是美国、欧洲的贪婪之徒都扛着铁锹，蜂拥来到旧金山这个荒凉偏远的港口挖砂金。

渴望砂金的贪婪病迅速传染给捕鲸船的船员，美国停泊在太平洋各港口的捕鲸船上，水手、渔夫甚至大副都说着：

“捕鲸不如挖砂金。”

他们背上随身行李，下船的下船，溜号的溜号。于是不知多少艘下锚停泊在港口的捕鲸船就此无法动弹。一时间美国的捕鲸船全都瘫痪了。

但我父亲是个天生的捕鲸人，根本没把砂金放在眼里。他喜欢的是气候宜人的小笠原岛。

十一岁那年春天（安政二年），我终于遂了心愿，获准搭乘父亲的船去太平洋捕鲸。我很开心，只盼着能尽快独当一面，投出第一根鱼叉。

一开始，是在桅杆上绑上一只木桶，位置在真正的瞭望台下方，我就在木桶里练习瞭望。我努力不输给在上面瞭望的大人，一旦发现鲸鱼喷出的气息，立刻用唱歌的音调，拖长了声音，就像鲸鱼的呼吸一般，用尽全力大吼：

“布罗——斯——轰！”

鲸鱼的呼吸，也就是通常所说的喷水，我们称之为“布罗(blow)”。然后我伸出手臂，指向看到的方位。下面的人就会从甲板上抬头望着桅杆，问：

“是哪种鲸？”

从鲸鱼喷出气息的方式，可以清楚地判断鲸鱼的种类。

这时如果不能立刻说出：

“抹香！”

“长须！”

就会被大人狠狠斥责，如果说错了，大人更是怒不可遏，少不了要骂上一句：

“你这个砂糖仔！”

这话听在我耳里，就像一声响雷在头顶炸开，只能咬牙忍耐。

这是因为，在成为独当一面的海上男儿之前，要经历数千次，不，是无数次海水浇身，盐分渗入骨髓。因此，独当一面的海上勇士是“盐”，像我这样经验特别丰富的海上男儿，则是“老盐”。盐的反面是糖，所以对想成为海上男儿的人来说，被骂成“砂糖仔”真的很丢脸。

鲸鱼喷一次气约六秒，十分钟喷六七次。有时喷出的水雾格外浓，而且长达十秒钟，这是鲸鱼准备深深潜入海中，因此先将肺中的空气全部喷出。

有的鲸鱼喷出的水雾高度达到十米以上。水雾笔直向上喷出，末端分成两股的，是露脊鲸；喷出一根粗壮水柱的，是座头鲸；喷出的水雾细而高的，是白长须鲸；低一些的，是长须鲸；高度最低，但也有四米左右的是塞鲸；朝前方四十五度角度喷射的，是抹香鲸。

抹香鲸有牙齿，强健而有力，同伴之间有时也会大打一架。由于抹香鲸的鲸油品质最佳，它是所有捕鲸船追逐的对象。被鱼叉刺进身体后，它会变得愤怒狂暴，只要被它那坚硬的大头轻轻一撞，或是被尾巴稍微一扫，小船就会粉身碎骨。偶尔它会直接撞向主船，但即使是主船，被它当头一撞，也会船身开裂，继而沉没。

第一次看到“鲸跃”时，我高兴极了。很少有人看过长着背鳍的塞鲸一次次跃出海面的景象吧！虽然拥有长达十五米的庞大身形，却能头部朝上几乎笔直地从海面跃起，尾巴也高高地离开水面，划出一道大大的曲线，扑通一声一头扎进海里，然后再次跃起。在如同上等鞣皮般的白色腹部，有几道大而深的纵向沟纹，灰色的背上长着小小的三角形鳍，整个鲸身在阳光下闪闪发亮。

抹香鲸也经常跳跃。超过十五米的巨大身躯，先是以惊人的速度贴着海面向前游，紧接着一点点跃起，最后“砰”地跃向空中，方形的头部向上倾斜四十五度，将全世界最庞大的身躯完全跃上半空。该怎么形容这壮观的景象呢？我可是词穷了。毕竟在地球的动物当中，论体型的巨大，它绝对是王者级别。

落回水面时，激起的水雾和响声，就像鱼雷爆炸一般，而且是三四头一起哟！海水的轰鸣声一直传到远方。这样的情景，在陆地上是看不到的，不由得让人感叹，海洋这么广大，难怪动物也很庞大啊！

此外，我还有过这种经历。十五岁时，我搭乘父亲的船，从阿拉斯加最北端的巴罗角再向东行，沿着冰的裂缝在北冰洋前进，从船上看到好几只北极熊在冰上晃悠。

“父亲，我可以去捉北极熊吗？”

我问。父亲说：

“不能用枪打，也不能用鱼叉刺，不过可以活捉。”

现在我已经深切理解，这是父亲对我的爱护，他其实是在告诉还是少年的我，你还没有能力猎熊，不要做这么危险的事。然而当时我完全体会不到父亲的苦心。

“父亲是在考验我的勇气。和鲸鱼相比，北极熊小太多了，活捉也不是不可能。——好，说干就干。”

我心里琢磨的，是这种不孝的想法。美国的牧人时常骑着烈马、戴着宽边帽，“唰唰”地抡着套索，套住野马、野牛，我也要像他们那样，生擒活捉北极熊，让父亲和船上的大人们大吃一惊，再把雪白的毛皮当礼物献给祖父，讨他的欢心，这样我就一跃成为英雄了。下定决心后，我立刻着手练习猎熊。

北极熊遇到人接近时，会用后脚站起来，张开前脚猛扑过去，把人抱住。所以我打算先发制人，用套索套住熊的脖子，再用那条绳索把前脚也套住，全力往前拉倒。这样一来，熊就会被缠在前脚上的绳索勒紧脖子，如此便能将它活捉了。

于是我先在长绳的末端安上小铁环，将绳子从它中间穿过，做成一个大大的绳套，又用木头做了个十字架权当北极熊，竖直绑在甲板的栏杆上，把十字架的横木当作熊的前脚，在十步开外练习投掷套索。

一旦套住脖子，立刻顺势抛出铁环，套住左前脚或右前脚，然后用力拉倒就行了。一连三四天时间，我连吃饭都顾不上，整日埋头苦练。只要全心全意去做一件事，即使小孩子也可以很快熟练。可惜就在我终于要和北极熊正面杠上时，船却出海了。父亲一定是觉得这样下去太危险吧！

甩套索也是一项很好的运动，而且有好些用途。大家要不要试试看？我可以教你们。

接下来，简单说说我为什么从弗罗里斯特·威廉变成小笠原岛吉吧！

明治八年，我三十一岁时，波宁岛成为日本的领土，同时定名为日本小笠原诸岛。这是我出生的岛屿，也是我怀念的岛屿，小岛既然成了日本的领土，我当然也就是日本人了，对吧？所以我归化为日本人，名字也从弗罗里斯特·威廉改为日本名，沿用了岛屿的名字，就叫小笠原岛吉。怎么样，这名字不错吧？

再说两句渔夫范多的事。范多的老爸原先是捕鲸船的射手，后来成为海獭船的射手，他可是用枪的行家呢！射手的英语是“hunter”，所以射手的儿子爱德华·弗雷德里克归化后，就以老爸的职业为姓，叫作范多铳太郎[①]。

这里还有一位是我的表弟，哈里斯·大卫，归化后叫作父岛一郎，也是因为他住在小笠原诸岛的父岛，就以岛的名字来取名。

下次再说些更有趣的故事吧！今天就到此为止了。

帐篷中响起了雷鸣般的掌声。

①范多的日文发音为“hanta”，与“hunter”近似。

鸟邮差

七月初，在宝岛发现了一块名片大小的铜牌，上面还有看似穿绳用的孔眼。铜牌的正面依稀有类似英文的文字，因此大副把它带回本部岛给我。

用望远镜的镜片当放大镜仔细一看，上面是用钉子刻下的英文，但似乎经过了漫长的岁月，字迹已消失殆尽。归化人和实习生等懂英文的人都围了过来，好不容易认出如下文字：

……、……岛，遇难，五人生还，求救——一八……年……

船名、岛名、年月都已消失不见。

因此，这块铜牌显然是一艘外国船在某座岛上遇难后，幸存的五人用钉子在包覆船底的铜板上刻下的求救信，然后挂在海鸟的脖子上，飞到这里来的。

“那五个人不知道怎么样了……”

实习生秋田说出了大家的心声。

小笠原老人断然说道：

“不用担心，这是很久以前的事了。遇到这种情况，就当已经获救就好了。”

“铜牌是个好主意，我们也赶快学起来吧！”

之前写漂流信剩下的铜板，都珍惜地收藏在我们的仓库里，我拿出来做了十片铜牌，在上面钻了穿线的孔，然后用钉子写下日文：

> 珀尔－赫米斯环礁，龙睡丸号遇难，全体十六人生还，请求救援。明治三十二年七月。

反面用英文写下同样的内容。日文由会员和实习生来写，英文则由归化人来写。他们都怀着“这样一定会得救”的信念，写得十分用心。

“国后，你去捉几只鸟来挂上铜牌放飞。尽量捉比较健康的，拜托了。”

我们都觉得鸟和国后是朋友，这也是很有趣的事。

在国后捉来的海鸟脖子上，我们用结实的细铁丝绑上一枚铜牌，然后将它放飞。但铜牌太大、太重了，鸟儿飞不动。于是不断缩小铜牌，了解到鸟的脖子可以承重的大小后，我们在燕鸥、信天翁共十只海鸟的脖子上系上铜牌，来到海边，将它们放飞。

脖子上挂了铜牌的受惊鸟儿，一只只四散高飞而去。水平线上雨云低垂，眼看就要下雨，但我们仍然站在海边，注视着鸟儿飞去的方向，你一言我一语地说着：

“鸟邮差，拜托啦！”

“和海流邮差相比，鸟儿的速度快，也许更有用，因为它们会降落在某座岛上。不过如果是无人岛，辛辛苦苦送到了也没有人收……”

“燕鸥和信天翁，不知道哪一个更可靠呢——”

浅野实习生突然大声说道：

“有了那些鸟儿，就和从前的故事一模一样了……”

水手长被他的声音吓了一跳，回过头说：

“什么意思？从前故事里的那些鸟儿，听起来好像有典故，说给我听听。”

只要是不懂的事情，不管是什么，也不管对象是谁，都要问个明白，这是水手长的好作风。我有一次曾经说过：“求教是一时之耻，不懂是终生之羞。”从那以后，他就一直忠实地践行。

“这是很古老的故事了，而且说来话长。”

“那我们就坐在沙滩上，听你细细说来吧！”

这些同伴就是这么用功，一旦有机会遇到不了解的事，总想着去研究、去了解原委。

我们在海边围成一个圆圈，盘腿坐下，听浅野实习生讲起故事。

“这是很久以前，我在一本讲修身处世的书上看到的故事。距今两千年前，汉国有一个名叫苏武的人，作为皇帝的使者前往北方的匈奴国。匈奴把苏武抓了起来，威逼他投降，做自己的臣下，苏武不肯答应。于是匈奴把苏武关进一个大地窖里，不给食物，过了好几天，苏武依然不为所动。匈奴见状，认为苏武不是寻常之辈，于是没有杀他，而是把他流放到极北的无人荒原上，让他放牧公羊，宣称‘等公羊生了小羊，才放你回国’。苏武还是矢志不移。起初被关在地窖里的时候，天上下了雪，他就拔下自己所穿的毛织品的毛，和着雪一起吃下，得以不死。被流放到荒原后，他捉野鼠、采野果来充饥，坚持了十年、十五年。

“到了第十九年，汉国派使者来到匈奴国，要求归还苏武。匈奴谎称苏武早就死了，但汉国因为间谍的通风报信，知道苏武还活着，因此事先已料到匈奴会这么说，并且想好了应对的计策，使者当下说道：

“‘这不是事实，苏武还活着。不久前我国皇帝出外打猎，放箭射下一只空中飞过的大雁，大雁的脚上绑着一块白布，上面有墨迹。解下来展开一看，是苏武写的信，上面写道：我在北方的荒原上，请救救我。请您不要说谎了，把苏武还给我们。’

“匈奴果然中计，无话可说之下，终于放还了已被扣留十九年的苏武。

“因为这个典故，后来就将书信称为‘雁使’。”

不论是听故事的人还是说故事的人，刚刚都用钉子在铜牌上写下求救信，挂在海鸟的脖子上放飞。大家都被苏武的故事深深感动，水手长十分佩服地说：

“同学，谢谢你，我完全了解了。这个叫苏武的人坚持了十九年，我们才刚刚开始呢！”

龙睡丸号的船员都是出色的海上男儿，拥有不屈不挠的精神，轻易不会沮丧。他们都抱着“只要留得命在，总有一天会获救”的坚定信念，对请海流投递、海鸟运送的求救信，都没有放弃期望。

小笠原老人对大家说：

“听了刚才的故事，我更加觉得这个岛真是好岛。气候温暖，食物丰富，我们人多，也很热闹，还能听到各种各样精彩的故事，增长见识。我们真是太幸福了，要一直坚持奋斗啊！”

平常指导炊事的大副说：

“有人凭着野鼠和野果就坚持了十九年，我们的午饭可是鱼和海龟呢！大家加油吧！”

一边说，一边开始准备午饭。

午饭的菜单有鲣鱼做的生鱼片、岛上出产的山葵、炭烤马蹄螺、烤海龟肉，和野鼠、野果相比，不啻天壤之别。

“真是感恩啊——有这样的大餐！”

“就是几十年也能坚持下去哪！”

不知是谁情不自禁地这样感叹，完全说出了十六个人的心声。

帐篷中，我坐在上座，其他人分列两侧，端正地相对坐在草席上。炊事值日生端上来的饭菜，吃起来感觉比平常更加美味。

我们怀着对充足粮食的感谢，正在细细咀嚼时，阴霾的天空啪嗒、啪嗒落下了雨点，转眼就变成倾盆大雨。

“嘿，是水！”

大伙儿马上放下筷子，火速把挡风的帐幕向外拉开，以便储存雨水。落在小屋屋顶上的雨水，就这样不断流到了石油桶里。我们愉快地望着这景象，又热闹地继续吃饭。

这天下午，按照雨天的惯例，我们开了茶话会。渔业长讲了捕鲸的故事，归化人范多铳太郎讲了猎海獭的故事，之后，小笠原老人顺着上午放流的铜板明信片，讲了船和邮件的故事。

我们年轻的时候，捕鲸帆船到哪里都不靠岸，一整年在茫茫大海上四处追逐鲸鱼，谁也没想过要给老家或朋友写信。不过在太平洋上，还是有一个邮局。

从南美的厄瓜多尔海岸向西六百海里，太平洋的赤道正下方有一个火山群岛，叫作加拉帕戈斯群岛。那是个由十多个主要岛屿，共六十多个火山岛聚集而成的群岛，是由西班牙人发现的。

加拉帕戈斯是一种生活在陆地上的巨龟，这种龟是陆龟中体型最大的一种，背甲的直径长达一米半，人坐在上面，它也能轻松自在地爬行。加拉帕戈斯群岛就是因为岛上盛产这种巨龟而得名[1]。这种龟又名象龟,因为它体型庞大,而且它的脚和象脚很像。据说加拉帕戈斯龟有七个种类，不同的岛上生活的龟种也不同。

直到不久之前，这些岛上还荒无人烟。因此在过去，最方便船只停靠的岛屿就成了海盗的巢穴，后来捕鲸船也在这座岛的港口靠岸，汲取饮用水、劈柴火，为了补给粮食，还会采集树木的果实，捕捉野鸟、野兽和加拉帕戈斯龟。

总的来说，这座岛上有很多珍奇的动物，像是长一米左右，叫鬣蜥的大蜥蜴，还有不会飞的鸟儿。小鸟们似乎把人类当成了朋友，大大咧咧地停在人的肩膀上，还会啄人的鞋尖。

大约一百年前，在这座无人岛的港口成立了著名的加拉帕戈斯邮局，在捕鲸船的船员之间发挥了极大的效用。这所邮局是一八一二年英国与美国发生战争时，英国军舰埃塞克斯号的舰长波特设立的。

说是邮局，其实只是在登岸后一眼就会看到的地方——一块熔岩的裂缝上，用倒扣的大龟壳当屋顶，下面放上一个用空箱子做成的邮筒，就只是这样。

自从设立了这个邮局，捕鲸船一靠上小岛，船员就立刻上岸，寻找龟壳下的邮筒。找出寄给自己或自己船只的信件后，再把自己写给其他船上朋友的信投进邮筒。这个有趣的习惯形成后，就一直持续了下去。

---

①古西班牙语称龟为“加拉帕戈斯”。

太平洋上还有另一个独特的邮政系统。在赤道往南，南纬二十度的地方有一个汤加群岛，由百来个小岛组成，其中有一个纽阿福欧岛，但水手们都不叫这个正式的名字，而是称它为“锡罐岛”。

不论哪个方向，距离这个小岛最近的岛屿都在三百海里以上，由于它正处在斐济岛和萨摩亚岛之间的轮船航线上，寄往该岛的邮件就由轮船经过时送去。

但这座岛周围风浪很大，不论是轮船把邮件送到岛上，还是从岛上划小艇到轮船上去收信，很多时候都无法实现。因此在波浪汹涌的季节，轮船就将寄往该岛的邮件密封在锡罐里，从岛的上风处投进海中，然后径直驶离。岛上看到轮船后，擅长游泳的岛民就游过去，从波浪中捞起锡罐邮件。所以这座岛才会被称为锡罐岛。

野葡萄

自从上岛后，我们就过起了野人的生活，喝的水是带着咸味、石灰含量很高的井水，吃的食物只有海龟和鱼。因此，十六个人很快就饱受痢疾之苦。这段经历前面也提过了，吃过这种苦头后，为了避免再生病或受伤，彼此都更加注意身体。

鱼和海龟要多少有多少，哪怕吃得再多，也可以敞开供应。但我们从不吃过量，以免把身体搞坏，也不养成大量喝水的习惯，此外，还经常做运动来增强体质，在这些生活细节上处处当心。

我们的领土宝岛上长着蔓草，宝岛的值日生发现蔓草结了很多类似葡萄的小小果实，于是将这种果实送到本部岛。

果实表面呈紫色，润泽发亮，总觉得似乎有毒，但看上去又煞是美味。大伙儿研究来研究去，谁也不知道这是什么草本植物的果实。

“美国应该有这种果实吧？”

大副问小笠原老人。

“我们三个人都出生在小笠原岛，哪里知道美国的事啊！”

“原来是这样——”

大副大笑。

不管怎样，都不能胡乱吃东西。我们历尽艰辛，好不容易才坚持到现在，今后只要还活着，就要一直劳作下去，怎能因为岛上不知名野草的果实而送命或生病。于是我说：

“在确认无毒之前，谁都不可以吃。”

后来有一天，宝岛的值日生在鸟粪中发现了这种果实的种子，这真是个大发现。下一班便船回来时，除了宝岛的漂流木和海龟，还带回了含有种子的鸟粪和大量果实。

“怎么样？既然鸟可以吃，我想人也能吃。”

有人以鸟粪中的种子为证据，认为吃了不碍事。

“虽然鸟和人类都是动物，差异毕竟还是太大了。”

也有人依然心存不安。

持前一种观点的人中，态度最积极的是热爱动物的渔夫国后。他这样说：

“我认为宝岛的野葡萄吃了不会有问题。就让我先替大家吃吃看，试吃个五六粒，就算万一有毒，也没有大碍。而且鸟和野兽都很懂得在大自然中保护自己，不会吃有毒的食物。鸟的试验已经足够了。对于我们十六个人来说，这种野葡萄是不可或缺的食物……”

一向勇敢无畏的他的心情，我完全理解，但除非有更确切的证据证明无毒，我还是不能同意大家吃果实。

“总之，再等等吧！”我说。

第二天，国后和范多两人来对我说：

“鸟很了解毒物，人应该也可以吃。为了保险起见，不如在钓来的鱼肚子里放进这种果实，让海豹吃吃看吧？”

两人打算用情同手足的海豹做动物实验，是因为坚信这果实吃了没问题。

另一方面，大副和渔业长也把果实碾碎，涂在螃蟹的嘴边，或是放进海龟嘴里。总之，都在用鸟以外的动物做试验。

含有种子的鸟粪运回本部岛的第三天早晨，范多站在大副面前，抓着头招认：

“昨天晚上睡觉前，我偷偷吃了十粒野葡萄，味道非常甜美，而且一夜好睡。今天早上就如您所看到的，我精神饱满，肚子也感觉很舒服。现在可以放心吃野葡萄了。”

他最终还是为了大家试吃了。人体试验就这样结束，此后大家都吃起了这种果实。

真好吃啊！毕竟说到蔬菜，只有岛上的山葵，而现在又发现了野葡萄。我们都说，有生以来从没吃过这么可口的果实。自从开始吃野葡萄后，十六个人都一下子长胖了。就连因为严重腹泻，身体一直很虚弱的渔夫小川和杉田，也顿时恢复了健康，甚至能干一些体力活了。

就这样，野葡萄成为宝岛向本部岛送出的重要输出品。积存下来的类似紫色小葡萄的野果，就装在当水罐运水过去又倒空的石油桶里，和海龟、漂流木、盐一起，随每趟便船运回本部岛。

我们给这种小小的蔓草果实起名为野葡萄。在此之前，岛上的山葵是十六个人唯一的植物性食物，因此野葡萄成了我们弥足珍贵的粮食。我们在本部岛撒下了种子，又把宝岛上的蔓草小心地连根挖出来，移植到本部岛上悉心栽培。另外，我们还把果实晒成葡萄干，储存起来作为冬天的粮食，准备在无人岛上长期生活。

我们的海豹朋友

最早和海豹成为朋友的，是国后和范多。很快，每只海豹都和人类变得很亲密，会和我们一起游泳，用嘴接住我们抛过去的木棒，摸它们的头时，也会用类似鳍的前脚轻拍人类。每当我们走近海豹半岛，它们就发出吼叫表示欢迎。

二十五只海豹并不是始终待在海豹半岛上。有时我们去看它们，却一只都不在，这时就是它们去自然的大餐厅——大海里吃鱼去了。这种海兽是游泳健将，时常五六只一起在半岛附近的海里游泳、潜水，用嘴巴灵巧地捉鱼，吃了一肚子鱼后才爬上岛，躺下来睡大觉。

海豹们睡觉时，一定有一只负责警戒，我们一接近，就立刻把同伴都叫起来。其中还有五只讨人喜欢的小海豹，似乎是在五月初出生，母亲会教它们游泳和捕鱼的技巧。

海豹不在岛上时，只要我们朝着大海大声呼喊：

“嘿咿——嘿咿——海豹哟！”

听到声音，就会有好几只海豹如同在海面风驰电掣的鱼雷般，你追我赶、比赛游泳似的翻起滚滚白浪，回到岛上。

爬上我们所站立的海边后，它们就用力左右摇晃脑袋，抖落沾在毛上的水珠，然后交替迈出两只前脚。当两只前脚都伸向前方时，后脚就抬高往前推，用这种滑稽的步伐朝我们走近，哼哧哼哧地把头蹭过来。

“噢噢，来得好，来得好。怎么样，饱饱地吃了一顿鱼吧？”

说着，我用右手摸摸它们的头，其他的海豹则叼住我左手拿的木棒拖拽。

还有两三只海豹绕到我后面，用头使劲地推我，那动作好像在说：

“来啊，人类大叔，跟我们一起游泳吧！”

于是我站起来，喊上一声：

“去吧！”

然后用尽全力，把手上的木棒远远抛进海里。海豹们立刻跳进海里，水花四溅地猛冲向木棒。咬住木棒的海豹得意地把头高高伸出水面，朝着岸边游回来，其他的海豹则羞愧地贴着海面，只探出半个头，跟在后面。我们和野生的海豹就是这么亲密无间。

不过在二十五只海豹中，也有一只格外骄傲，总是昂着头，翘着漂亮的胡须，把胸膛挺得高高的。它是只雄海豹。

这只海豹从来不和人类打交道。

没办法和它成为朋友。

就连国后、范多这样的驯海豹高手，也无法接近它。

丢鱼过去，它会把头扭到一边，尝也不尝，那样子仿佛在说：“什么呀，沾着人味的鱼！哼，我的餐厅可是太平洋呢！”

然后跳进海里，飞快地捉一条大鱼衔在嘴里，把头高高地探出水面，像是在向人类炫耀似的，然后把鱼吃下去。

它还经常和其他海豹打斗，每次都打赢。

这只强壮的海豹头上，有一块被咬后留下的大伤疤，让它显得更加粗野强悍。

不知是怎么回事，也不知从几时开始，这只海豹竟然跟壮实的大个子川口非常亲近。

川口给它的鱼，它会凑到他的手掌上吃；川口摸它的头，它会高兴地用大鱼鳍似的前脚啪嗒啪嗒拍打川口。川口那乐开了花的样子，让旁观的同伴都忍不住微笑。

这只勇敢、倔强，连国后都无法驯服的海豹，川口给它取了个名字叫“疤面白鼻”。这是因为这只海豹除了头上有块大伤疤，鼻子上还生了一簇白毛，在海豹中很少见。

“白鼻”是川口的骄傲，他把它当成弟弟一般疼爱，经常拜托炊事值日生把自己那份鱼留下一半不烹饪，保持生鲜的状态，然后带去给“白鼻”吃。

一天，在晚饭后的相扑上，川口一连战胜了五个人。大家鼓掌叫好时，川口说：

“这不算什么，我还比不上‘白鼻’。那家伙打赢了二十四只海豹，是海豹中的横纲[①] 呢！”

他又在夸耀“白鼻”了。于是我们也都承认，“白鼻”确实是海豹中最强的王者。川口很得意，像“白鼻”那样挺起胸膛说：

“强将手下无弱兵。”

水手长接口说：

“大将军光着身子，士兵却穿着华丽的毛皮大衣，你这个大将军也太寒酸了吧！”

大家听了，都拍手大笑。

这也是无人岛愉快生活中的一幕。不过，“白鼻”是最强壮的海豹这件事，后来却给川口带来了悲伤。

①横纲是日本相扑运动员资格的最高级。

海豹的胆

刚刚遇难来到岛上时，十六个人都患上了严重的腹泻，但很快就痊愈，恢复了以往的强健体魄。然而小川和杉田却一直很衰弱。

自从开始吃宝岛的野葡萄，他们一度看似恢复了健康，但之后却没有发胖，反而日渐消瘦。虽然他们自己表示肚子状况不错，也参与了体力活，但看起来非常吃力。尽管给他们吃了很多野葡萄，又用长明灯暖肚子，毛毯包裹腹部，想了各种办法，但都丝毫不起作用。

到了八月中旬，我们已在岛上生活了四个月。所有人都完全习惯了岛上的生活，精神饱满、干劲十足地投入每天的工作，但两位渔夫病恹恹的样子，也让大家挂念在心。

有没有什么良药呢？我们反复讨论，最后认为这应该是胆汁不足导致的疾病，只要服用苦药就可以治愈，而取海豹的胆来服用是最好不过的了。熊的胆囊叫“熊胆”，被视为灵丹妙药，所以海豹的胆一定也有效。于是我们决定立刻去取海豹的胆来。但两位病人说：

“请再等一下。自从吃了野葡萄，我们自己已经觉得好多了。难得那些海豹和我们这么亲近，如果为了我们两人杀死它们，实在太可怜了。请再等上一段时间，不久就会好起来的。”

其实，没有一个人想杀海豹。可是，人的生命是无可替代的。

“如果能成为助人康复的药物，海豹一定也会很满足。这件事就交给大伙儿来办吧！”

尽管这样劝说，病人仍然不同意。

“我们俩的病有这么严重吗？虽然做不了瞭望值日生和宝岛值日生，但我们可以照顾海龟、打扫茅屋，也可以钓鱼。”

说着，两人都竭力表现出精神抖擞的样子，很努力地工作。他们的这番苦心，着实令人同情，也让我们更想治好他们的病。但如果违背病人的意愿，坚持杀死海豹，也许他们会以为：

“即使那样再三求情，到底还是取了海豹的胆，看来我们是病入膏肓了。”

如果引起这样的误会，反而难办。还是再等一等，看情况再做决定。

要杀死喜爱的海豹朋友，对其他没有生病的人来说也是个难题。虽然没有说出口，但每一个人心里都想着：

“可怜的海豹，该来的时刻终于还是要来了。海豹啊，不要怪我们无情无义，这是为了挽救人宝贵的生命，就像鱼和海龟那样帮助我们……”

“可是，不要让我承担杀海豹的任务。”

尽管如此，还是做了充分的准备。

“我们先来估计一下，哪一只海豹的胆最有效验，事到临头才不会慌了手脚。”

“一定是强壮的海豹药效更好，就选择强壮大胆的海豹吧！”

既然得出这样的结论，结果自然是决定取“疤面白鼻”的胆。等到要付诸行动时，通过全体抽签的方式，由抽中的三人负责取胆，不得推托。

我们决定取“白鼻”的胆制药，是在八月末。当时小笠原老人开玩笑说：

“哈哈哈，‘疤面白鼻’吗？怎么说它也是海豹中的王者，胆一定是一等一的货色，不管什么病，一吃就好。——不过，以后可就叫人害怕啦！会不会精神好得过了头，变得像‘白鼻’那样，动不动就打架？要是我挨了打，不就成了‘疤面红胡子’了吗——哈哈哈哈！”

坐在一旁的漂流木上，正在使劲擦钓钩的川口站起身，朝大家走了过来。

“最强壮、胆子最大的，当然是‘白鼻’。它的胆能够救人性命，真的是很伟大。它一定会成为药师佛（解救病人的菩萨）……”川口黯然而沉静地说。他没有像平时那样挺起胸膛，而是弯着腰，凝视着沙滩。

决定取“白鼻”的胆以后，川口每天都带着鱼去“白鼻”那里。

“喂，白鼻，你能治好两个人的病，很了不起哦！吃下这条鱼，在帮忙之前，变得更强壮吧！”

这只粗暴的雄海豹“喔——”地吼叫一声，吞下了鱼，接着用鼻子磨蹭着川口的手，呜呜、呜呜地低吟着撒娇，又用类似鳍的前脚啪嗒啪嗒拍打着川口，然后用鼻子使劲推川口，把他推到海边，水花四溅地一起嬉戏，一起游泳。随着一次次带鱼去看它，川口的感觉也渐渐变得微妙。他会忍不住想：

“如果这只‘白鼻’被杀了——如果它不在了……”

“那时会很寂寞吧——”

一念及此，悲伤就在心中蔓延开来，但刚强的本性又立刻挥去这种情绪，恰如波浪拍打在岸上，粉碎成雪白的飞沫后，转眼便散开、消失了一般。

信天翁的智慧和力量

过了几天，八月也过去了。一到十月，海况便越来越凶险，因此整个九月都要将宝岛能运的物资悉数运回本部岛，以备过冬之用。

因此，九月一日一早，我就乘舢板从本部岛出发，在黎明的海上前往宝岛。一行五人，我、水手长和到宝岛换班的三名划桨手。

中午时分抵达了宝岛，当晚和二号晚上都在宝岛过夜，指示他们制盐、捕龟、储存漂流木、照料准备移植到本部岛的野葡萄的根，同时对全岛进行仔细的调查。二号下午，偶然发生一件事，让我深感信天翁是一种令人敬佩的鸟类。

宝岛上常年栖息着十几只信天翁。这种鸟白天会三五成群地飞到海上觅食，一旦有了发现，就会群起争夺唯一的食物，用大大的嘴互相打架，这样的场景随处可见。

吃了食物，肚子饱饱之后，这群信天翁就收起翅膀，浮在海面上休息，悠哉地随着波浪晃动。

信天翁群在海面上休憩时，一定有一只在同伴的上空盘旋飞翔，负责警戒。一段时间之后，这只信天翁轻飘飘地降落在同伴漂浮的海面上，收起翅膀休息，另一只信天翁随即飞上天空，再次来回飞舞警戒。在这群信天翁浮在海上的期间，不论一小时还是两小时，都一直如此。

这种守卫同伴的行为，在海豹中也存在，并不是什么稀罕事。但负责警戒的信天翁向海面降落，好不容易浮在波浪上，展开的翅膀还没来得及收好，另一只信天翁已迅速振翅而起，那样子就像早已决定好下一次该由谁来值班。

水手长看得十分佩服，出于强烈的求知欲问我：

“船长，是哪只鸟下的命令？”

这可把我也难住了。

“不清楚喔，是哪只鸟下的命令呢……”

我只能这么回答。

“是鸟的法律吗？”

水手长自言自语的一句话，惹得大家哈哈大笑。但仔细一想，有什么好笑话的呢，这根本还是人类未知的难题。

这天早晨，我们为了准备午餐而去钓鱼，没想到大获丰收，于是把剩下的四五十条鱼摊在漂流木上暴晒，准备晒到半干当作晚餐。

我们挖出准备移植到本部岛的野葡萄的根，小心地用草编的席子包起来。就在这时，一只飞在空中负责警戒的信天翁发现了正在晒的鱼，不知它发出了什么信号，浮在海面上的那群信天翁一齐振翅飞来，把半干的鱼抢走了一大半。

“该死的信天翁，叫你尝尝我们的厉害！”

恼火的渔夫在剩下的鱼干里插上钓钩，丢到海滩上，果然有一只信天翁上钩，被当场活捉。渔夫用细绳把它的大嘴牢牢绑住。

“因为你抢了人类的鱼，所以要吃这种苦头。——剪舌麻雀[①]的故事你知道吗？我们没有剪刀，所以只能这样惩罚你。你们要捉就该去捉海里的鱼。”

说完，渔夫把绑着嘴的信天翁放掉。

这只受惊的信天翁落在岛附近的海上，啪嗒啪嗒地拍打着翅膀。

然而，接下来轮到我们吃惊了。因为信天翁的同伴们见状，一齐飞落到它周围，轮流去啄、咬、扯绑在它嘴上的绳子，花了很长的时间，费尽力气，终于解开了绳子。

一直站在海岸边看着这一幕的我们，感觉被信天翁好好上了一课。

水手长对水手和渔夫说：

“平常总是争夺食物、互相打斗的鸟儿，竟然会这样集中智

①日本童话故事，故事中的麻雀因为偷吃了老奶奶用饭粒做的糨糊而被剪掉舌头。

慧和力量解救同伴，真是令人吃惊。我们也要好好努力，不能输给鸟儿。”

我虽然没有说出口，心里也在想，如果不能集合众人的力量和智慧，让两名病人尽快痊愈，那真是无颜面对这群信天翁了。

川口的大吼

我们在宝岛停留了两晚，第三天破晓时分，舢板满载着海龟、漂流木、盐和野葡萄，离开宝岛，划向本部岛。

如果按照常规的安排，三个人会留在宝岛换班，但不知怎么回事，装饮用水的石油桶突然有三个漏水了，不知不觉水已漏得精光，只剩下一个石油桶里还有水，但也已用了一半以上。因为宝岛上一滴饮用水都没有，我不放心把三人留下来值班，于是决定所有人一起折返。就这样，八个人乘着舢板出发了。所谓“运气”，就是这么不可思议，三个储水罐突然漏水，对我们十六个人来说，反倒是帮了一个大忙。

九月三日，我们在海上迎来美丽的日出，一路向东划行，十点多抵达了本部岛。

平时总有三个人远在宝岛，这次久违的十六个人齐聚，大家把舢板上的物资搬上岸，然后香甜地吃起了塞满石油桶的礼物——野葡萄，也给两位病人格外多分了一些。这也是岛上的欢乐一刻。

“谁去替一下瞭望值日生，让他也来尝尝吧！”

我一发话，立刻有人爬上瞭望塔，正在值班的川口也被叫了下来，兴高采烈地大嚼野葡萄。

大副向我报告了离岛期间的情况，最后补充道：

“另外，关于病人的事，在您外出期间，我已经再三劝过他们了。‘大伙儿都很担心，所以还是尽早吃下海豹的药，恢复健康吧！如果你们俩服下海豹的胆，大家不知该有多放心、多高兴呢！这不只是为了你们自己，也是为了大家。’听我这样说，他们就一口答应了，表示已经完全理解，那就快点吃下，让身体好起来吧！”

“是吗？很好，那就赶快行动吧！马上就要吃午饭了，就在午饭前动手好了。”

于是立刻抽签决定取海豹胆的人选。负责瞭望的川口一听要抽签去取“白鼻”的胆，顿时脸色大变，直接跑开，爬上了瞭望塔。其他人在午饭前各就各自的岗位，充满活力地投入岛上的工作。

海豹取胆小队的队长是水手长，同行的勇士是范多和父岛，这三个人抽到签了。

渔业长拿来一张大帆布，对父岛说：

“杀死海豹后，赶快用这个把尸体包起来，不要让其他海豹看到。”

交给他之后，又提醒三个人说：

“如果让海豹们受了惊，以后不再接近那个半岛，那就麻烦了，所以要请你们做得漂亮点。另外，因为我们是光着身子，尽量不要被‘白鼻’咬到、抓到，以免受伤。”

父岛拿着帆布，水手长和范多扛着粗木棒，向我们行了个礼：

“我们会顺利完成任务的。”

说完，三人刚走出两三步，从瞭望塔顶上传来一声惊天动地的大喊：

“啊——！”

是川口，他用尽全力发出雷鸣般的叫声。因为太突然，大家都吃了一惊。这可是件不寻常的事。

“怎么啦？”

“怎么回事？”

十五个人一齐望向瞭望塔上的川口，但他一句话都说不出来，只伸出手臂，把脚下的踏板跺得乱响。

“他是疯了吗？”

乍一看到川口这模样，众人都惊呆了。

有船

顺着发疯般的川口手臂所指的方向，我们朝海上望去，遥远的水平线的彼方，有一片很小，但很清晰的帆影，那不正是斯库纳型帆船的船帆吗？

“啊！”

这次换地面上的十几个人把手上的东西一丢，跳了起来。

“不得了啦，有船！”

“嘿，信号啊！火啊！”

“舢板啊！”

众人向左向右地乱跑一气，到达紧急情况时的岗位。不过转眼之间，一切就像平日训练的那样，干脆利落、有条不紊地顺利进行。

从三个地点逐渐升起了黑烟。

我把望远镜挂到脖子上，飞奔到海边，跳上舢板。船上值班的三名水手已经握住了橹和桨。水手长扛着装有饮用水的石油桶坐了上来，我、水手长和三名值班水手的衣帽包也已经丢进舢板。几个人合力把舢板推下海。

紧接着，用力压下橹和桨，舢板便飞速朝着海上前进。所有人几乎是同时行动，就像一按电钮，大型机器霎时运转起来一样。

“万岁——！”

留在岛上的十一个人像要喊破嗓子似的大叫着，这叫声很快就被抛在了身后，我们“嗨哟、嘿哟”地摇着橹和两支桨，只要臂力还可以坚持，就不断地朝着遥远海上的帆船划去。

不知道那艘帆船是哪个国家的船，光着身子划过去，会影响到日本的名誉。我们之前就考虑到了这种情况，把船长、水手长和三名舢板值日生的帽子、衣服打成一包，以便紧急时刻和饮用水一起放进舢板。等靠近了那艘船，我们就穿上久违的服装，仪表端正地上船。

回头望时，岛上已升起浓浓的黑烟。海上的船一定会看到遇难者发出的求救信号，于是我们争分夺秒地加紧划行。

另一边，岛上的同伴们纷纷爬上瞭望塔，沉默地凝望着海上的帆船和我们渐渐远去变小的舢板，连午饭都忘了吃。

刚强的川口自从用尽全力，雷鸣般地喊出一声“啊——”之后，就因为太过惊喜，再也说不出话来。那种情况下，任谁都会这样吧！“啊”就代表着“有船”“是船帆”的意思。

留在岛上凝视外海的十一个人，心中自是激荡不已。每个人都沉默着，眼里满含泪水。年轻人兴奋了一阵子，很快就恢复了冷静，老年组则如同岩石般稳重。前辈们不论在什么时候，都为年轻人做出了优秀的榜样，这正是日本船员的伟大之处。

风呼呼地刮过来，海面上开始掀起白色的浪花，舢板就像野马般在波浪中前进。划桨手依靠两条铁一般的臂膀，把船头对准目标帆船划行。可是无论怎么划，始终接近不了帆船。起初看起来离我们很近，但划了四个小时，距离却丝毫没有缩短。

我们是中午时分划离小岛的，到了下午四点多，终于接近了帆船。

我穿上自从遇难以来，已经五个月没有穿过的长裤和上衣，戴上船长帽。水手长和三名划桨手也趁换班休息的时候穿上衣服。我们日本船员一向注意仪容，不过因为船只遇难，光着身子也是没办法的事。

这时，我的望远镜里映出一样东西。

“哎呀，我这是在做梦吗？”

我又看了一眼，果然没错。

“欸，是日本国旗！太高兴了，是日本的船啊！”

“啊？日本的船？太好了！”

水手长和水手都把刚穿上的上衣粗暴脱下，扔到一边，继续用力地划船。

帆船仿佛被吸引过来一般，越来越近了。终于，我们的舢板划到了帆船旁。我们接过帆船上丢下来的绳索，把舢板系在帆船的船舷边，攀上从上面垂挂下来的绳梯，犹如猿猴般敏捷地跳到帆船的甲板上。

第一个站上甲板的我，一眼看到对面注视着我们的船员中央站了一个人，忍不住“啊”地欢呼起来。那是这艘的矢丸号帆船的船长，也是我的朋友——长谷川先生。在这大洋的中央，我们两人满心感动地相见了。

在的矢丸号上

我们登上的这艘的矢丸号，是一艘重一百七十吨的斯库纳型帆船，受政府委托从事远洋渔业。为了对这一带罕有船只经过的海域进行渔业调查，才向西避开暗礁，前往珀尔 - 赫米斯环礁的北部海域。在航行中，突然看到水平线上升起两三缕黑烟。

“大概是外国军舰遇难了吧！一旦有可以下锚的地方，先停下来再说。”

于是，他们在距离我们本部岛十二海里（二十二公里）的海上下锚停泊。

“有小船划过来。”

“是日本的舢板。”

“上面坐着黑黝黝、光溜溜的土人。”

的矢丸号的值班船员透过望远镜瞭望，不断报告发现的动向。长谷川船长听后，只当划船接近的是遇难的土著。

而顺着绳梯爬上甲板的，也果然如报告所说，是五个漆黑的土人，只有一个看似酋长的人穿着得体的服装。那个人站到甲板上，显然在盯着他看，突然大叫一声：

“啊，长谷川！”

一边张开双臂直逼上来，一副要扑过来的模样。

长谷川船长吓了一跳。

“咦！”

他正要定睛看清楚土人，已经被土人的双手用力抓住。不过，朋友毕竟是朋友，立刻就认出来了。

“呀，中川！你怎么会——”

“龙睡丸号沉了……”

“大伙儿平安吗？”

“都很平安。”

接下来，我被引到船长室，粗略讲述了船只失事的经过，然后请求他的帮助。

“如果现在就能援助我们十六个人，当然再好不过。但你的船还有渔业调查没有结束，一下子多了十六个人，粮食和饮用水都很难解决，而且也会妨碍渔业调查，给你们添麻烦。所以，你看这样如何？能不能先帮我们带一个人回日本，向报效义会报告我们遇难的情况？如果这也不可行的话，能不能帮我们带一封信回日本？我们现在有两名病人，不过一两年内应该不会有生命危险，而且凭借十六个人到目前为止的研究，完全有把握在岛上再生活几年。米我们一直节约使用，现在还有三斗五升(六十三公升)。"

长谷川船长双臂交抱在胸前，闭着眼睛听完之后说：

"就如你也知道的，的矢丸号刚刚才抵达目标渔场，正要展开工作，所以没办法立刻把你们十六人接上船，返回日本。要等渔业调查结束后，再带大家回去。不过，待在这座岛上，维系生命的饮用水一定是个难题吧！明天我先把十六个人送到有优质水源的大岛——中途岛去，请你们在中途岛上等待的矢丸号结束作业。

"我们会提供充足的米、寝具、衣物等用品，也有上好的药物。

"中途岛在距离这里六十海里左右的西北方，总之，今晚你们就在这艘船上好好歇息，吃一顿白米饭吧！明天早上，我会尽量将船驶近小岛。"

我们谈话期间，水手长和三名水手也被引到水手房间，受到衷心同情的的矢丸号船员真诚的接待。

而后，顺着众人的询问，他们谈起了岛上的生活。船员们围着四个人，睁大了眼睛专注地倾听着，每件事都让他们感到佩服，不时发出"喔——""哇——"的惊叹声，时而又不禁叹息。听到病人和取海豹胆的事情时，有的人已经眼含泪光。

的矢丸号的水手长亲切地说：

"我们船上有很好的药品，毕竟我们是政府的派遣船嘛，连'熊胆'也有呢！请放心，我们的船虽然小，不过就当是搭上了大船吧！"

还有人深感钦佩地说：

“日本也真是了不起。在这太平洋中央的无人岛附近，通常不会有船只经过的地方，竟然有两艘日本船不期而遇。一艘遇难，另一艘来救援。这真是不可思议的好运啊！”

“快来用餐吧！”

最上层甲板的遮阳帐篷下，特别为五个人设了桌椅，准备了五个人许久没见过的雪白、紧实的米饭。可是我无论如何都咽不下去。

“啊，太好了。十六个人得救了——”

我的心里只有这一个想法，喝下去的茶也不知是什么味道，更没有留意桌上精心准备的盘子里，都有些什么菜色……

水手长和水手们看来也一样。他们吞了一大口米饭，一直细细地嚼着，眼泪扑簌簌地往下掉，然后半欠着身，频频看着我的脸，显然是在暗示：

“我们快把这个好消息告诉岛上的同伴吧！”

我完全明白他们的心情，他们一定也是食不知味。在这种状态下，我们再也无法安稳地坐在那里细嚼米饭。于是，我站起身来。

“长谷川兄，谢谢你。我想尽快让岛上的弟兄们高兴一下，所以我要回去了。这米饭就让我们当作路上的盒饭吧！”

“虽然现在风不大，但也有轻微的海浪。夜里就不要回去了，在船上过一夜吧！”

尽管长谷川船长热情地挽留，我们还是与他约定明天的矢丸号驶近本部岛，然后五个人在傍晚五点多再次乘上舢板，离开了的矢丸号。

确定了本部岛的方位后，我们就精神百倍地划了起来。

欢乐的早晨

入夜以后，岛上烧起了熊熊篝火。众人整夜轮流值班，维持篝火不灭。直到这时，大家才谈论起来。

“不知道是哪个国家的船呢？”

“他们会愿意帮助我们吗？”

“也许是驶往遥远外国的船。”

青年们睡不着觉，直到夜色深沉，依然聚集在篝火周围。渔业长和小笠原老人轮流来劝说：

“只要值日生醒着保持篝火燃烧就可以了，其他人都去休息吧！在这里再牵肠挂肚也无济于事，不如一切顺其自然。所谓就当坐上大船似的放宽心，说的就是这种时候。你们就放心吧！好了好了，快去睡觉。”

他们这样宽慰着年轻人。

小小的舢板漂浮在太平洋中央的波浪上，虽然风太强了些，但依靠云缝中闪耀的星光，我们一路拨开波浪划行。“十六个人得救了”的喜悦，带给我们的臂膀超乎寻常的力量，一双手臂就如电动机器一般，丝毫不觉疲倦，只是不断地划着。

凌晨一点左右，我们发现水平线上的某处有一朵红云，是岛上燃烧的巨大篝火映在了云上。已经可以放心了，看到小岛了。

在火光映照出的红云指引下，我们整整划了一夜。第二天，也就是九月四日的黎明时分，终于回到了岛上。那时年轻人都还在睡梦中，只有篝火值日生、瞭望值日生和老年组奔到海边。

“喂，得救啦！大家快起来啊！”

就这一句话，岛上就像捅翻了马蜂窝一般，一片欢腾。

我们终于得救了，将从无名小岛搬到六十海里外的隔壁大岛——中途岛去了。

大家欣喜若狂地开始打包行李。把各自研究的东西整理好，把比较好的物品集中起来，再收拾小屋……

掌管粮食的大副对众人说：

“一直以来辛苦大家节约、忍耐，今天咱们敞开吃顿好的，大家不用客气，尽管点。”

青年们听了，开心不已。

“我想吃扎实的白米饭。”

“麻烦来个咖喱饭。”

“开个菠萝苹果罐头吧！”

“我想要甜甜的炼乳。”

炊事值日生忙得不可开交。

十六个人开始吃岛上第一顿，也是最后一顿丰盛的早饭前，一同用海水洗净身体，朝着遥远的日本方向，由衷地向神明祈祷。

然后，我对列好队的众人说：

“离开这座岛的时刻终于到来了。仔细想想，我们克服了那么多的艰难困苦，活出了海国日本男儿的气概。

“一个人的力量很微弱，智慧也有限。但十六个人的诚意和认真努力集合在一起，就会真正强大起来，拥有不可估量的潜力。因此，我们才能在这座岛上生活得出色而开朗，没有一天悲观失望，并且努力让彼此有所进步，有所成长。

“我们在这座岛上第一次认真地自我锻炼，磨练心志，从而真切地认识到心灵的力量有多么强大。在十六个人团结一心的强大力量面前，没有不安和担忧，吃的喝的自然都赐给我们，海豹、鸟儿、云彩、星星都成为我们的朋友，温柔地安慰我们。这都是因为你们拥有高尚、勇敢而又和善的品性。我衷心地感谢各位，谢谢你们。

“今后我们将在附近的中途岛上生活三个月，等待的矢丸号来接我们。搬到中途岛以后，希望你们在已有经验心得的基础上，精益求精，臻于完善，做得比现在更好。再次感谢大家。”

说完，我真诚地向大家行了一礼。

十五个人也礼貌地向我鞠躬。好一会儿，大家像铜像般站在那里，还有人忍不住抽泣。

小笠原老人向前迈出一步，低头行礼后，断断续续地说：

“按照长幼顺序，由我来代表大家。……我只觉得无比的庆幸，到了这个年纪，在这座岛上第一次活出人生的价值。我感到我的心变得如同大海般辽阔、巨大、强壮。

“非常感谢您。今后也请多多指教。”

我至今都忘不了当时的感动，其他人也都这样说。我感受到了心与心之间交流的珍贵回响。

大家快乐地吃起了早餐，欢笑声不绝于耳。水手长给了川口一份最好的礼物：

“的矢丸号上有很好的药品，也有‘熊胆’。这下你高兴了吧，不需要用‘白鼻’的胆了。那家伙的命捡回来了。”

“哇哈哈哈！”

近来一直没什么精神的川口，第一次挺起了胸膛，发出雷鸣般的豪爽大笑。看到他重又乐开怀的样子，十五个人也一齐“哇哈哈哈”地大笑起来。

饭后，大副提醒众人：

“在的矢丸号的人上岸之前，大家至少要把裤子穿上。光溜溜的日子已经结束了。”

再见了，小岛哟，海豹哟

这天下午，的矢丸号驶近本部岛的外海，放下一艘舢板和三艘渔船，船员来迎接我们十六个人了。

的矢丸号的船员看到岛上的各种设备，个个佩服不已。他们瞪大了眼睛，惊讶地盯着海龟牧场，又试着摸了摸我们海豹朋友的头和肚子。川口也把“白鼻”介绍给了的矢丸号的人。

在的矢丸号船员的帮助下，龙睡丸号的舢板和的矢丸号的四艘小船往返于小岛和的矢丸号之间，一趟趟载运行李。这些行李都是些很特别的东西，除了搬家的行李外，还有大量海龟作为的矢丸号的粮食，储存在石油桶里的珍贵雨水三十桶，将漂流木劈好用来做饭的柴火八十五捆。

国后、范多、川口等和海豹关系特别好的同伴，知道以后再也见不到它们了，去和它们依依惜别，那情景打动了在场的人的心。

海豹似乎也察觉到十六个人将要离开小岛，它们跟在舢板后面，时而游泳，时而潜水，一直送到海上的的矢丸号那里。

的矢丸号的长谷川船长也红了眼眶，说：

“没想到野生的海豹也会如此温驯，我还是第一次见。这会成为报告的好素材。”

傍晚时分，的矢丸号终于在越来越猛的风中扬起了帆，离开了本部岛。我们十六个人眼含着热泪，久久地注视着这令人怀念的小岛。

原本以为要搬去中途岛的十六个人，出乎意料地就此留在的矢丸号上继续航海，这是由于以下的缘故。

一开始我们划船到的矢丸号上求助时，听了十六个人岛上生活的故事，的矢丸号的水手和渔夫佩服得五体投地。

“太了不起了！”

我们乘舢板出发回岛后，他们依然在谈论着十六个人的话题。太阳落山后，水手长走进水手房间：

“喂，你们都听到了吧，明天送十六个人去中途岛。”

“为什么不能让他们搭我们的船呢？”

“如果是担心粮食和饮用水的问题，我们可以减少到现在的一半，甚至四分之一，请让他们留在船上吧！”

“没错，那十六个人是我们的榜样。”

“大家一起去求船长吧！”

因为这个缘故，船长接受了众人的请求，让十六个人留在了的矢丸号上。其实船长最初就想这样做，但这么一来，船员人数将增加一倍。米由于多储备了几个月的量，倒还不打紧，但水罐的容量却有限。即使将现在每人每天的用水量减少一半，只要往后几天不下雨，得不到补给的话，就必须进一步减少到三分之一。手下的船员真的可以忍耐到这种程度吗？出于这层担忧，船长虽然同情我们，还是考虑将我们十六个人先送往中途岛等待。

祖国的土地

的矢丸号尽可能地节约用水，继续愉快地航行。自从十六个人上船后，船上的氛围更加开朗，的矢丸号的船员也变得异常勤勉，而且很守纪律，这是因为十六个人为了报恩，兢兢业业地在的矢丸号上工作，让他们也引为榜样。

岛上教室转移到了的矢丸号的船上，部分的矢丸号的船员也加入学习。就这样，龙睡丸号的船员终于完成了学业。此外，的矢丸号也以出色的成果结束了远洋渔业调查，返回祖国日本。

明治三十二年十二月二十三日，十六个人眼含着感动的热泪，仰望白雪皑皑的神圣富士山。船乘着顺风，平安进入骏河湾，而后在下午四点，静静地驶进被夕阳染红的女良港。

十六个人由衷地感谢了的矢丸号的人，带着“好，干哪！”的昂扬心情，在暌违一年之后，踏上了怀念的祖国的土地。随后，立刻顺道去参拜了女良奉祀守护神的神社。

岛上的学习颇有成效，听说以前信都写不好的渔夫、水手，给家里写了文从句顺的信，让父母和兄弟又惊又喜。此外，第二年一月，四名青年顺利通过通信省的船舶职员考试，取得了高级船员证书。光凭这些成果，无人岛生活就没有白过，令我深感欣慰。

后来过了一段时间，我们十六个人又再次乘船出海。

中川船长说完了这个漫长的故事，我（须川）如梦初醒般环顾四周。因为完全沉浸在故事中，恍惚间还以为身在暮色降临的女良神社森林中，正盘腿坐在枝干交错的大杉树下。这棵大树就是教学帆船琴之绪丸号的桅杆，头顶参差的大树枝则是巨大的帆桁。

抬头望去，从帆桁间看到了银河。夜已深沉，一切都被夜露濡湿。从帽檐滴落的露珠，和我的泪水一起流下脸颊。

图书在版编目（CIP）数据

无人岛 /（日）须川邦彦著；李盈春译．-- 海口：南海出版公司，2018.8

ISBN 978-7-5442-9310-5

Ⅰ．①无… Ⅱ．①须… ②李… Ⅲ．①长篇小说－日本－现代 Ⅳ．①I313.45

中国版本图书馆 CIP 数据核字（2018）第 099771 号

无人岛

〔日〕须川邦彦 著

李盈春 译

出　　版　南海出版公司　（0898）66568511

　　　　　海口市海秀中路 51 号星华大厦五楼　邮编 570206

发　　行　新经典发行有限公司

　　　　　电话（010）68423599　邮箱 editor@readinglife.com

经　　销　新华书店

责任编辑　李玉珍

策　　划　好读文化

装帧设计　丛　林

内文制作　杨兴艳

印　　刷　北京中科印刷有限公司

开　　本　850 毫米 ×1168 毫米　1/32

印　　张　6.25

字　　数　100 千

版　　次　2018 年 8 月第 1 版

印　　次　2018 年 8 月第 1 次印刷

书　　号　ISBN 978-7-5442-9310-5

定　　价　45.00 元

版权所有，侵权必究

如有印装质量问题，请发邮件至 zhiliang@readinglife.com